KB113877

사랑한다면 ──── 왜

사랑한다면

왜

여자이기 때문에, 남자이기 때문에,
우리의 쉬운 선택들

김은덕, 백종민 지음

어떤
책

이 책은 결혼생활을 하면서 마주하는 가부장제의 모순을 탈피하고자 했던 두 사람의 눈물겨운 투쟁기이다. 우리는 부모님의 경제적인 도움 없이 '작은 결혼식'을 치렀다. 그리고 레스토랑에 모인 하객 앞에서 삶의 태도를 밝힌 '결혼선언문'을 발표했다. 그중 첫 번째 항목인 '독립된 개체로서 평등하게 살겠다'는 우리 마음속에 품은 결혼의 가장 중요한 명제였다.

우리는 둘 다 비혼주의자에 가까웠다. 그런 두 사람이 결혼할 수 있었던 것은 서로의 성장을 강력하게 지지하고 또 이끌어 줄 수 있다는 확신이 있었기 때문이다. 작은 결혼식이라는 선택으로 우리는 이 목표에 다가서는 듯 보였다. 물론 행복할 때도 있었지만 결혼이라는 제도 안에 갇힌 우리는 자주 불행했다.

기존의 질서를 따를수록 가정 내 평등을 바랐던 이상과 멀어졌다. 결혼 전에는 잘 눈에 띄지 않았던 가부장제의 흔적들이 실제로 우리의 결혼생활을 발목 잡았고,

그 과정에서 체념하는 서로의 모습을 발견하기도 했다. 사랑이라고 생각했던 순간들을 부정해야 했고 그럴 때마다 관계에 회의마저 들었다.

이 책을 계약한 1년 전만 해도 가벼운 마음으로 글을 쓰기 시작했다. 이내 우리가 당면한 문제들에 눌려 무거운 날들 속에서 한 문장 한 문장을 적어 내려가야 했다. 책을 쓰는 와중에도 우리의 결혼생활은 이어지고 있는데, 우리의 일상을 낱낱이 들여다봐야 이 책을 쓸 수 있다는 사실이 이렇게 곤혹스러울지 몰랐다. 그냥 편하게 살면 될 텐데 무엇을 위해 어려운 길을 선택했는지, 이유를 더듬어 보는 일이 오히려 우리를 의문 속에 가두었다.

이 책은 남자로서 자신이 가진 기득권을 인지하지 못했던 남자와 이제야 남자에게 미안해하지 않고 더 많은 것을 요구하게 된 여자의 이야기다. 한 사람의 글이 아닌 남자, 여자의 이야기를 각각 적은 것은 가정 내 평등을 이야기하기 위해서는 가정을 이루는 구성원 모두의 이야기가 필요하다고 생각했기 때문이다.

'남성들에게는 고민 없이 주어지는 권리를 여성은 힘겹게 싸워서 쟁취해야 하는가?'

'왜 여자는 자신의 모든 것을 걸고 어려운 요구를 해야 하는가?'

결국, 관계의 평등은 우리 앞에 놓인 당연한 것이 아니라 싸우고 노력해야만 얻어지는 것이었다.

카카오 브런치에 출간 전 연재를 하면서 공개/비공개로 나눠 독자들의 반응을 살폈다. 누구나 볼 수 있는 댓글은 차분하고 객관적인 이야기들인 반면 비공개 피드백에는 가부장제의 불합리를 견딜 수 없어 이혼을 결심한 사연, 여자로 태어나 일상에서 마주친 수많은 성희롱 경험, 남자 없는 세상에서 살고 싶다는 울먹임까지, 누군가에게 언젠가는 꼭 털어놓고 싶었던 절실한 마음들이 담겨 있었다.

비공개 댓글을 읽으면서 그제야 우리가 쓴 이 책이 누군가의 일상생활에 실제로 도움을 줄 수 있으리라는 믿음이 생겼다. 이 책을 읽고 독자들이 여자라는 이유로, 남자라는 이유로 포기했거나 타협했던 쉬운 선택들에 잠시 브레이크를 걸어 보길 희망한다. 그럼으로써 '사랑'을 포기하는 대신, 싸우더라도 사랑하며 살게 되기를 바라 본다.

2018년 1월 김은덕, 백종민

3장 | 당신에게 듣고 싶지 않은 말

4장 | 사랑을 사랑이게 하는 것

1장

우리가
당연하게
생각하지
않은 것

1. 그럭저럭 좋아 보이는 두 사람

은덕은 꽤 용감한 사람이다. 미련할 정도로 고정관념에 덤벼들고 생각지도 못한 것들을 요구한다. 적당히 잘 지내며 우리 부모님께 '예쁨받는 며느리'가 될 수도 있었지만 '며느리'라는 호칭을 쓰지 말아 달라는 요구부터 했다. 되바라졌다고? 천만에. 은덕은 세상과 다른 방식으로 우리 부모님께 인정받고 있다.

은덕을 만나기 전까지 나는 학습된 착한 남자, 딱 거기까지였다. 편히 앉을 수 있도록 의자를 빼 주고, 무거운 짐을 들어 주고, 차도 쪽으로 걸으며, 교양 있는 예의 바른 남자 행세를 했다. 그렇지만 속마음까지 순수하진 않았다. 마음 한편에 '내가 이만큼 해 줬으니 너도 이만큼 해 줘야지'라는 보상심리가 늘 있었다.

옛 여자친구들은 나의 속마음을 알고 있었는지 문제가 있어도 넘어가 줄 때가 많았다. 그런 나로 만족했고 이 정도면 나쁘지 않다고 생각했던 것 같다. 연애하면서 여자친구들에게서 별다른 요구를 들어 본 적이 없다.

은덕을 만나면서 상황이 바뀌었다. 우리는, 특히 은덕은 좋은 게 좋은 거라고 적당히 양보하며 살고자 하지 않는다. 불편한 점이 생기면 언제든 수정 보완하려 하고, 그 과정에서 생기는 갈등을 마다하지 않는다. 그래서 우리의 부부생활은 그야말로 피곤한 일들투성이다.

다른 집은 어떻게 사나 살펴보고 평균을 따랐다면 그럭저럭 편안한 삶을 꾸렸을지도 모른다. 하지만 모든 가정에 적용해 마땅한 평균값이란 존재할 수 없고 문제가 생기면 그때마다 은덕과 나만의 해결법을 고민하고 발견해야 한다.

모두에게 '이번 생은 처음이라' 그런지 평균값에서 기준을 찾으려는 경향을 자주 본다. 평균값이 기준이 될 수 있을까? 대한민국 남성들의 가사노동 참여 시간은 하루 평균 18분이라고 한다. 2014년 통계청이 실시한 '생활시간 조사'에서 20~50대 부부 3,131쌍을 분석한 결과이다. 이 조사가 밝힌 여성의 가사노동 시간은 하루 평균 1시간 36분이다.

18분보다 더 오래 일한다고 '좋은 남편', 짧게 일한다고 '나쁜 남편'일 수는 없다. 18분은, 재활용 쓰레기를 분리수거함에 내다 놓는, 딱 그 정도의 수고. 여성 배우자든, 남성 배우자든, 하루 18분의 가사노동으로는 안락하고 쾌적한 우리 집을 꾸릴 수 없다.

우리 집에서는 집안일에 여자와 남자가 따로 없다. 집 안일은 칼로 두부 자르듯 나눌 수 없음을 우리 두 사람은 싸우면서 깨달았다. 우리는 매 순간 가사노동의 적절한 분담을 위해 애를 쓴다. 그러면서 느낀 한 가지는 잠자는 시간을 제외하고 집에 머무는 동안 벌어지는 모든 일이 가사노동이라는 점이다. 요리나 청소처럼 정확히 인지할 수 있는 가사노동은 얼마 없다. 그 밖에 수많은 일, 그러니까 오늘은 어떤 음식을 해야 할지, 식재료는 언제 어디로 사러 갈지, 조리는 어떻게 하면 좋을지 계획하는 시간까지도 모두 가사노동 시간이다.

나만 해도 그렇다. 24시간을 기준으로 잠자는 시간 여덟 시간을 제외한 열여섯 시간에서 반 정도의 시간을 실제 가사노동을 행하며, 그게 아니더라도 오늘은 무슨 집안일을 해야 하는지 생각하고 계획하며 보낸다. 정말이지 18분이라는 시간으로는 누군가가 차곡차곡 정리해 놓은 재활용 쓰레기를 생각 없이 들고 나가거나 관리실에 맡겨진 택배 하나를 찾아오거나, 세탁기에서 세탁물을 꺼내 건조대에 너는 일 중 하나밖에 할 수 없다.

'평균값'을 훨씬 뛰어넘지만, 은덕은 나에게 늘 좀 더 노력해 주길 바란다. 또한 끊임없이 새로운 것들을 요구하며 동시에 잘못된 것은 고쳐 나가길 원한다. 우리가 쓴 책을 읽은 여성 독자들로부터 '괜찮은 남자'라는 말을 숱하게 듣고 있는데도 정작 나와 같이 사는 사람은 만족하는 법이 없으니, '뭐야, 잘해 줘도 좋은 소리 한번 못 듣고. 뭘 더 어떻게 하라는 거야?' 싶은 생각이 떠나지 않는다. 그냥 주변의 다수의 남자들처럼 살았으면 편했을 텐데 왜 이런 수고를 자처했을까, 솔직히 후회도 된다. 특히 설거지를 할 때 그렇다. 은덕은 설거지를 대

충 끝내곤 하는데 나는 마른 그릇에 고춧가루 하나가 묻어 있어도 예민함이 폭발한다. "설거지 좀 제대로 하라고!" 소리를 꽥 지르며 그릇을 다시 개수대에 집어넣는 나의 머릿속은 '내가 결혼생활을 하는 거야, 식모살이를 하는 거야? 가사분담이고 뭐고, 성평등이고 뭐고 다 집 어치우는 편이 낫지' 하는 생각으로 가득 찬다.

그럼에도 나는 다수의 남자들이 사는 방식으로 돌아가지 않는다. 아무리 생각해도 설거지가 마음에 들지 않으면 직접 하라는 은덕의 요구가 정당하며, 함께 산다면 절반의(완벽하게 똑같이 나누는 일은 불가능할지라도) 가사노동은 내가 하는 게 맞기 때문이다. 은덕과 나는 18분이라는 대한민국 남성의 평균값을 우리 집에 적용할 수 없다.

남의 집 기준을 우리 집에 적용할 수 없듯, 우리 집의 기준 또한 보편적일 수 없다. 구성원 각자가 어떻게 느끼는지가 중요하다. 나는 내가 하는 일이 많다고 느끼지만 은덕 입장에서는 늘 부족함을 느끼듯 말이다. 또한 우리 집의 기준에는 우리가 중요하게 생각하는 한 가지 요소가 더 적용된다. 은덕이 어릴 때부터 지금까지 느껴

온 성(젠더) 불평등, 우리는 그것까지 가사노동 분담에 감안하기로 했다. 결혼하고 3년 동안 끼니 차리는 일이 전적으로 내 담당이었던 데는 이런 이유가 있었다.

은덕과 살면서 남자인 나로서는 닿을 수 없는 여자의 삶이 존재함을 알았다. 생리의 고통이 상상을 뛰어넘는다는 것을, 생리 예정일을 하루라도 넘기면 임신의 공포를 느낀다는 것을, 공공화장실을 드나들 때마다 몰래카메라나 살인 같은 미지의 폭력을 떠올린다는 것을, 동시에 자신의 무기력함을 인지하게 된다는 것을, 거리에서나 대중교통에서 마주치는 치근덕거리는 눈길이 때론 두렵다는 것을, 알았다. 또한 여자의 일로 여겨지는 가사노동이나 육아 앞에서 커다란 벽을 마주한 듯한 갑갑함을 느낀다는 것을, 알았다. 남자의 일생에서는 크게 신경 써 본 적이 없는 것들이었다.

은덕의 요구를 줄기차게 받으며 깨달은 바가 두 가지 있다. 하나는, 상대방의 요구가 조금 지나치다 싶을 때에야 비로소 내가 진지하게 고민하게 된다는 점이다. 은덕의 요구가 계속되지 않았다면 나는 결코 변하지 않았을 것이다. 다른 한 가지는, 은덕과 내가 둘 다 만족스럽게 살아가려면 한평생 사회적 기득권자로 살아온 내가 훨씬 더 많이 변화해야 한다는 사실이다.

종종 이 세상은 '한남'투성이라 사랑할 만한, 혹은 결혼할 만한 남자가 없다는 여성들을 만난다. 먼저 묻고 싶다. 사랑을 위해 '지나친' 요구를 한 적 있는지. 커플이 되겠다 약속함은 아무리 힘들고 어려워도 상대방을 배려하면서 서로가 행복한 방향으로 함께 걷겠다는 의미이다. 당신은 더 많이 요구해도 되는 것이 아니라 더 많이 요구해야 겨우 사랑다운 사랑을 할 수 있다. 행복한 관계는 끊임없는 요구로 얻어지는 것이지 당신의 인생에 주어지는 선물이 아니다.

'시댁'과 '처가'의 호칭 불평등, '맞벌이'를 따라오지 못하는 '맞살림', '명절증후군'을 부르는 잘못된 관행 등, 은덕이 알려주거나 요구하지 않았다면 몰랐을 일들이 너무 많다. 우리는 '그럭저럭 좋아 보이는 두 사람'이 되기보다 둘 중에 누구라도 불편하다면 언제라도 싸울 준비가 된 두 사람이 되기로 했다. 그리고 나서야 다른 집이 아닌 우리 집의 기준을 겨우 찾을 수 있었다.

2. 남자는 집, 여자는 살림살이

2012년 5월 5일 종민과 나는 작은 결혼식을 했다. 당시는 롤모델로 삼을 만한 사례조차 없었다. 덕분에 그야말로 '우리 맘대로 결혼식'을 할 수 있었다. 우리는 그동안 문제라고 생각했거나 썩 내키지 않던 것들을 순차적으로 제거하고 이를 대신할 것들을 찾았다.

결혼식장이 첫 번째 단두대에 올랐다. 조악한 인테리어와 맛도 품위도 없는 뷔페 음식, 두 시간 단위로 주인공만 바꿔 가며 돈을 챙기는 아수라장에 한 푼도 주기 싫었다. 여러 시행착오 끝에 우리는 홍대 근처 인도 레스토랑을 찾을 수 있었다. 음식값이 장소 대관료에 포함

되어 부담도 적을뿐더러 반나절 가까운 시간을 쓸 수 있어서 140명의 하객이 신부, 신랑과 함께 먹고 마시고 즐기는 축제를 열 수 있을 것 같았다.

예물도 예단도 필요 없었다. 결혼했다고 새것, 좋은 것, 비싼 것을 들이고 싶지 않았다. 저쪽 집에 얼마를 보내고 이쪽 집에 얼마를 돌려주는 예단은 바보같이 느껴져 따르지 않았다. 지금도 우리 집에는 결혼할 때 산 18K 금가락지 하나만 두고 산다. 가끔 이것도 팔아 버리고 싶은 유혹에 빠진다. 수원 어머니가 뭐라도 해 주고 싶다며 목걸이, 반지 세트를 말씀하시는 걸 극구 말린 일은 지금 생각해도 참말로 잘한 일이다.

청첩북(book)은 어디까지나 종민의 의지였다. 애초에 나는 청첩장이든 청첩북이든 상관없다는 입장이었다. 종민은 양질의 종이로 만드는 청첩장이 결혼식 당일에만 쓰이고 이내 쓰레기통으로 직행하는 현실을 두고 그야말로 '돈지랄'이라고 했다. 그는 두 사람의 연애사, 결혼선언문, 연대기, 지인과 부모님의 축하 인사가 실리는 작은 책자를 제안했고 나는 내용물을 작성하는 임무를 맡았다. 내용물을 채워 넣는 건 직장에서 내가 하던 일이기 때문에 어찌 보면 쉬웠다. 그에 비해 종민은 퇴근 시간 이후에 사무실에 남아 디자인 프로그램을 익혔고 청첩북을 편집하며 한 달 가까이 진땀깨나 흘려야 했다. 하지만 우리 두 사람이 원한 일이었다.

결혼식이라는 큰 산 하나를 넘고 나니 부부가 마음을 맞춰 서로 협력한다면 삶을 원하는 방향으로 이끌 수 있지 않겠냐는 꽤 희망찬 낙관론이 우리를 감싸기 시작했다. 불행의 뿌리를 제거하는 일부터 불안을 곁에 두는 방법까지, 하나의 서사가 또 다른 서사를 만들어 내면서 우리는 그렇게 최선으로 하루하루를 보냈다.

작은 결혼식을 치르면서 그날 오신 하객 중에 훗날 이런 결혼식을 올리는 분이 있지 않을까 내심 기대했다. 인생의 중요한 순간까지도 돈으로 해결하려 하는 물질 만능주의와 결혼식의 주인공이 부모로 전도되어 버리는 축의금 환수라는 기묘한 목적의식에서 벗어나고 싶다는 우리의 의지에 적어도 일부는 공감할 줄로 믿었다. 용기 내어 볼 만한 일이라고 생각할 줄 알았다. 하지만 안타깝게도 이효리 이상순 씨 같은 유명인의 작은 결혼식 소식이 뒤를 이을 뿐, 아직까지 주변 사람 중 우리처럼 결혼을 한 이는 없다.

작은 결혼식 이야기를 할 때마다 "나도 그런 결혼식을 하고 싶었어요."라고 말하는 이들을 꼭 만난다. 그러지 못한 이유로 가장 많이 듣는 대답은 '부모님이 원치 않아서'였다.

많은 수의 젊은이들이 내 삶의 중요한 결정을 부모님이 원치 않는다는 이유로 포기한다. 법적으로 부모로부터 독립해야 하는 시점에까지도 우리는 우리의 의견보다 부모님의 의견을 더 따른다. 누구를 위하여 말 잘 듣는 자식이 되려고 하는 걸까? 양가 부모 설득에 둘이 동반으로 나섰다가는 부모와의 갈등이 부부 갈등으로 변질되고 만다. 이내 파혼이라는 극단의 선택이 우리를 유혹한다. 갈등을 불식시키고자 스스로 원하는 바를 접는 악순환이 펼쳐진다.

가정생활에서 어떻게 평등을 구할 것인가는 결혼 전부터 우리 두 사람의 중요한 화두였다. 무엇보다 독립된 개체로서 평등한 관계로 살아가는 일이 가능한지 의문이 들었지만, 그게 가능하다면 그 시작은 결혼식임을 우리는 재빨리 간파했다. 앞으로 구비구비 결혼생활의 고개를 넘느라 숨이 찰 텐데 원치 않은 누군가가 껴들기라도 한다면 가 보지도 못하고 포기할 게 뻔한 길이 얼마나 많을지 자명했다. 우리 둘이 만드는 인생이었고, 그 시작은 결혼식일 수밖에 없었다.

결혼식, 신혼집, 신혼여행 등을 부모의 경제적인 도움 없이 우리 손으로 치렀다. 결혼식 비용은 음식값이 전부였고 전셋집은 내가 살던 집으로 종민이 들어오면 되어서 따로 돈이 들지 않았다. 종민은 결혼 전부터 통장을 나에게 맡겨 전세금에 남아 있던 대출금을 함께 갚기 시작했다. 남자는 집, 여자는 예단과 예물이라는 공식을 한참이나 벗어난 결혼이었다. 처음에는 이런 결혼이 우리에게 돈에서의 해방을 가져다주었다고 생각했다. 시간이 지날수록 알겠다. 돈뿐만 아니라 관계에서의 해방 또한 선물받았음을.

지금의 결혼문화는 기이하다. 당사자의 결합보다 가족과 가족의 결합, 그리고 이를 둘러싼 금전 거래를 바탕에 둔다. 젊은 부부가 감당해야 할 경제적 독립을 부모가 감당한다. 한국여성정책연구원의 〈고비용 결혼문화 개선을 위한 정책방안 연구〉에 따르면 2015년 기준 최근 3년 이내 결혼한 25~39세 남녀(400명)와 자녀를 결혼시킨 55~69세 부모(800명) 중 응답자 89.6퍼센트(1,075명)가 부모에게 결혼비용을 지원받았거나 자식의 결혼비용을 지원했다고 답했다. 전체 결혼비용 중 60퍼센트 이상을 부모가 부담했다고 대답한 비율은 43.4퍼센트였다. 부모가 결혼비용 전액을 지원한 경우도 8.5퍼센트(102명)나 됐다.

우리는 '나쁜 자식' 되기를 무척이나 두려워한다. '내 맘대로 결혼식'을 했다가는 부모 입장 따위는 생각하지 않는 건방지고 이기적인 자식으로 낙인 찍힐까 겁을 낸다. 자신이 바라는 삶의 모습이 남들과 달라질 때 평생 가장 가까운 사이였던 부모도 설득하지 못한다면 앞으로 인생은 어떻게 되는 걸까? 그저 부모가 원하는 삶을 살 수밖에 없지 않을까?

나의 일본인 지인은 한국인 아내와 결혼하면서 한국의 결혼문화가 이해되지 않는다고 했다. 일본은 부모의 도움 없이 결혼하는 게 일반적이라며 벌어 놓은 돈이 없으면 월세부터 시작하면 되지 않느냐고 물었다. 얄미울 정도로 너무 맞는 말이다. 반면 한국인 아내의 입장은 좀 달랐다. 자신이 어디 모자라는 것도 아닌데 혼수도 제대로 하고 싶고 번듯한 집도 장만하고 싶다고 했다. 하지만 남자의 생각이 구구절절 옳기만 하니 더는 고집을 피우지 못하고 자신도 부모에게 손을 빌리지 않기로 결심했단다. 마침내 부모로부터 완전한 독립을 이룬 것이다. 실제로 이들은 서울에서 월세부터 신혼살림을 시작해 지금은 삿포로에 거주하고 있다. 속을 들여다보지 않았으니 모든 걸 알 수는 없지만 적어도 두 사람은 각자가 원하는 방식으로 평등한 관계를 유지하고 있는 것으로 보인다.

작은 결혼식을 해치운 뒤로 우리 삶은 거칠 게 없어 보였지만 사실 결혼생활은 진흙탕을 구르는 것과 같다. 다만 그 구르기가 레슬링처럼 놀이하듯 즐거운지 아닌지는 전적으로 우리의 선택에 달렸다. 쉬운 선택을 한 뒤 자신의 의지는 돌보지 않은 채 살아갈 것인가? 힘들어도 원하는 삶을 살 것인가? 결혼식을 하며 종민과 나는 남자와 여자이기 이전에 독립된 개체임을 잊지 말자고 약속했고, 그 약속을 지키기 위해서 노력하고 있다.

가끔씩 찾아오는 행복이나 행운이 아니라 내가 어렵게 선택한 일상의 조각조각들이 삶의 질을 결정한다. 타인의 시선에 갇혀 있지 않은 삶, 내가 원하는 대로 사는 삶, 그리고 나의 선택에 만족하는 삶이, 손에 잡히지 않을 것 같은 행복의 실체에 가까이 다가설 수 있게 해 준다. 우리가 포기하지 않고 내 인생을 살 때면 비로소 '사람답게 사는 것'이 무엇인지, 이 평범한 진리 앞에 다다르게 된다. 살면서 그 순간들을 모두 놓쳤다 하더라도, 나의 성인됨을 인정받는 결혼식이라면 가능하지 않을까? 평생을 함께하기로 약속한 사람과 함께라면 시도할 수 있지 않을까? 결혼식 하나가 뭐 중요한가 싶지만 두 사람이 새로운 삶을 시작하는 순간마저도 주변의 시선에 용감하지 못하다면 이후부터는 쉬운 선택만이 기다리고 있을 뿐이다.

3. 세대주는 남자가

살림의 노하우를 공유하는 인터넷카페에서 세대주에 관한 글을 읽은 적이 있다. 딸이 친정엄마 이야기를 올렸는데, 친정엄마가 주민등록등본을 보고 노발대발했다는 것이다. 이유는 사위가 아니라 딸이 세대주로 올라 있어서였다. 직장이나 기관에 서류 낼 때 사위가 세대주여야 여러 가지로 보기 좋은데 왜 남편을 네 아래에 두어서 남들 보기 흉하게 만드냐는 것이 친정엄마의 논지였다.

우선 시어머니가 아닌 친정어머니가 이런 말을 했다는 사실이 놀라웠다. 그다음에는 '세대주가 되면 엄청난 능력이 생기는 건가?' 싶었다. 우리 집이 바로 글 속의 친정어머니가 노발대발한 사정과 같기 때문이다.

우리 집은 처음부터 은덕이 세대주였다. 거창한 의도는 없다. 신혼살림을 은덕이 살고 있던 집에 차렸던 터라 원래 은덕이 세대주인 집에 내가 전입신고만 했을 뿐이다. 그 후로 서너 번 이사를 하며 자연스럽게 세대주를 바꿀 기회가 있었지만 여전히 은덕의 이름이 그 자리를 차지하고 있다.

'세대주'라는 타이틀을 일반적인 경우와 달리 설정했기 때문에 뭔가 불편한 일이 생기지 않을까 궁금해할 수도 있겠다. 놀랍게도 우리 집의 경우 아직 아무 일도 벌어지지 않았다. 주민센터에 종종 가지만 단 한 번도 "세대주 등록이 잘못되었습니다. 정정하시지요"라는 말을 들어본 적 없고, 신혼부부 전세 대출을 알아보러 간 은행에서도 "어떻게 세대주가 여자로 되어 있을 수 있지요? 이러면 대출이 불가합니다"라는 이야기를 들어본 적이 없다.

아무 일도 벌어지지 않는데, 우리 사회는 왜 세대주 이름에 줄곧 남자를 올렸을까? 왜 이 선택에 물음을 던지지 않았을까? 혹시 가부장제의 영향은 아닐까?

"세대주는 나니까 가장은 네가 할래?"

"그게 뭐라고 하나씩 나눠 갖냐? 세대주야 서류에 박히는 거지만 가장은 누가 알아주는 것도 아니고. 그냥 우리 집에는 가장 없는 걸로 하자."

은덕과 나는 같은 일을 함께하고 그에 따른 대가를 한 통장에 같이 입금받는다. 통장을 완벽히 '공유'하고 있어서 따로 찰 주머니가 없다. 누가 돈을 더 벌고 말고 하며 다툴 일도 없고, 숨겨둔 비상금을 찾으려 신경전을 벌일 필요도 없다. 이런 상황에서 우리에게 '누가 이 집의 생계를 책임지고 있는가'만큼 무의미한 질문도 없다.

가부장제의 여러 모습 중에는 '생계를 책임지고 있는 사람이 가정을 이끈다'는 논리가 있다. 우리 집은 딱히 한 사람이 생계를 짊어진다고 볼 수 없으니 애초에 가부장제가 내려앉을 여지가 적었다. 그러나 맞벌이지만 가부장적인 관계를 맺고 있는 부부가 얼마나 많은지, 친구나 주변 동료들을 통해 어렵지 않게 볼 수 있다.

가부장제도와 '가장'이라는 역할은 대가족 혹은 혈연

으로 맺어진 공동체에서 매우 유용했을 것이다. 생계를 위해, 때론 생사를 위해, 시급하게 결정하고 행동해야 할 일들이 많았을 것이다. 그러나 핵가족과 독립세대주가 대다수인 사회에서는 그렇지 않다. 은덕과 나처럼 아이도 없는 집에는 두 사람이 서로 상의하고 설득하고 결정하면 될 일들뿐이다. 아이돌 그룹 리더처럼 카메라가 들어왔을 때 마이크를 쥐고 중심을 잡을 일도, 다른 가정과 대항전을 치르기 위해 누군가가 대표로 나설 일도 없다.

혹여 가장이 꼭 필요한 상황이 발생하더라도 누가 그 역할을 할지는 금전적 능력만으로 판단할 수 없다. 그럼에도 우리 사회는 너무 쉽게 그 조건만을 취한다. 밖에서 돈 버는 아빠가 가장이라고. 그리고 나서는 돈 많이 버는 사람이 권력자가 되는, 즉 돈이 힘이 되어 버리는 자본주의 논리가 집안으로 들어온다.

'통계표준용어'에 '가구주'라는 말이 있다. "주민등록상 세대주와는 관계 없이 가계의 생계를 책임지고 있는 그 가구의 실질적인 대표자"라는 뜻이다. 우리가 흔히 생각하는 '가장'이 경제적인 부분에 초점을 맞춘 의미라면, 통계 자료의 '가구주'가 가장 가까운 개념일 것이다.

통계청 자료에 따르면 여성이 가구주인 가구가 전체 가구수의 29.6퍼센트를 차지한다. 열 집 중 세 집에서 여성이 가정의 경제적 책임을 지고 있다는 말이다. 자료 조사가 시작된 1975년 이후 지속적으로 증가하고 있는데, 그 원인은 주로 사별과 이혼에 있다고 한다. 또한 통계청은 "이혼 가구주의 지속적인 증가에 따라 여성 가구주는 지속적으로 증가될 것으로 전망"하고 있다. 여성 가구주가 느는 현상이 여성의 자발적 선택이 아니라 불가피한 가정 분리에 따른 수동적인 결과인 점은 아쉽지만, 우리 사회가 흔히 생각하는 '가장'을 열 집 중 세 집에서는 여성이 맡고 있는 셈이다.

우리 집의 세대주는 전입신고서의 세대주 란에 '김은덕'을 적으면서 결정되었다. 그 이상도 이하도 아니었다. 서류를 처리하는 주민센터 직원의 만류도 없었다. 그럼에도 우리 사회는 부부관계가 소멸되어야만 행정 서류의 세대주라는 자리를 여성에게 내 준다는 선입견에 갇혀 있다.

당연하게도 가정은 한 사람의 노력으로만 움직이지

않는다. 가장을 꼭 한 사람만을 지칭하는 단수명사로만 생각할 수도 없다. 가장의 책임을 한 사람에게 맡기기보다는 넓은 관점에서 가족 한 사람 한 사람이 가장이면 좋겠다. 아니, 좀 더 현실적으로 가장 역할을 남자로 정해 버리는 고정관념부터 걷어 내면 어떨까? 모든 일의 발단은 당연히 그래야 한다고 생각했던 것이 꼭 그렇지 않아도 됨을 확인하는 순간에 일어난다.

4. '며느리'라는 호칭

'딸 같은 며느리'는 환상에 불과하다. 딸이면 딸이지, '딸 같은'이 붙을 이유는 뭐람. '며느리'라는 말의 기원을 따져 보면 더더욱 며느리는 딸이 될 수 없다. 먼저, '며늘'과 '아이'라는 두 단어가 합쳐져 '며느리'라는 말이 탄생했다는 학설이 있다. 여기서 '며늘'은 '기생한다'는 뜻으로, 시어머니의 입장에서 '자기 아들에게 기생하는 아이'라는 의미로 받아들여진다. 또 다른 학설은 '며느리'를 '진지' 또는 '밥'을 뜻하는 '메'와 '나르는 이'가 합쳐진 말로 분석한다. 이 학설에 따르면 며느리는 '제사 때 밥을 나르는 사람'이 된다. 두 가지 학설 모두 유력한 가

설일 뿐이지만 호칭을 통해 가족관계의 불평등을 들여다볼 수 있다는 점에서는 흥미롭다.

여자이기 때문에 들어야 하는 몇몇 호칭에서 알 수 없는 불편함을 느끼곤 했다. 사회생활 초기에 '미스 김', '김 양', '은덕 양'으로 종종 불렸다. 그것이 정확히 무엇을 의미하는지 몰랐지만 "미스 김" 하면 어김없이 따라붙는 "여기 커피 한 잔만~"이라는 대사의 불쾌함까지 모른 체할 수는 없었다.

남성과 달리 여성은 결혼 유무에 따라 미스(Miss)와 미시즈(Mrs)로 구분된다. '미스'는 성차별적인 호칭으로 남성 중심 세계관에서 자신보다 어리고 약한 여자 상대를 부를 때 사용된다. 생각해 보면 "미스 김" 하고 커피 심부름을 시키는 이는 능글맞은 눈빛도 함께 보내지 않던가. 불쾌감을 표하면 '딸 같아서'라고 둘러대는데 '은덕아', '딸', '막내야'라고 부르는 가족 구성원 중에 나를 그런 눈빛으로 대하는 이는 없다.

사회에서 이런 대우를 받다 보면 평등한 관계의 가족 구성원 속으로 도망치고 싶어질 때가 있다. 하지만 가족 안에도 아들이 아니라 딸이기 때문에 받는 차별이, '며느리'라는 말이 보여 주는 것과 같은 불평등이, 존재한다. 결코 사회보다 더하면 더했지 덜하지 않다.

결혼과 동시에 종민과 나는 각자의 부모님을 '인천 어머님' 그리고 '수원 부모님'이라고 부르기로 했다. 반면 우리 엄마는 종민을 '백 서방'이라고 부르고 수원 부모님은 나를 '며느리'라고 불렀다. 종민은 '백 서방' 말고 '종민'이면 될 것이고 나는 그냥 우리 집에서처럼 '은덕'이고 싶은데 수원 부모님은 왜 내 이름 대신 '며느리'라고 부르는 걸까? 이 집에서 계속 '며느리'로 불린다면 한 개인으로서 존중받기를 원했던 나의 바람은 물거품처럼 사라질 것 같았다. 내 이름을 찾고 싶었다. 홍상수 감독의 영화 〈누구의 딸도 아닌 해원〉처럼 〈누구의 며느리도 아닌 은덕〉이 되어야 했다.

"그런 뜻이 있었니? 조심해야겠구나. 그럼 어떻게 불러 주면 좋을까?"

호칭을 바꿔 보자고 했을 때, 수원 부모님의 첫 반응이다. 그 나이 대 어른들과 비교해 유연하신 분들인 줄은 알았지만 이렇게 쉽게 관습의 문턱을 넘으시리라는 기대는 하지 못했다. 물론 수원 부모님도 '며느리'라는 단어가 내면화된 상태여서 내가 내 이름을 찾기까지는 과도기가 필요했다. 그렇더라도 나의 경우는 의문을 제기한 뒤 무시당하지 않았다.

모든 시가('친정', '친가'와 달리 남자 쪽 집만 높여 부르는 '시댁'을 '시가'로 바꿔 부르기로 했다)가 수원 부모님들 같지 않으리라는 걸 안다.

"어머님, 며느리라는 호칭에는 '남의 집에 기생하는 아이'라는 의미가 담겨 있대요."

"에이, 무슨 말도 안 되는 소리니? 쓸데없는 소리 말고 전이나 부쳐라."

이런 대화가 오고 갈지도 모른다.

때때로 종민의 집이 가부장제에서 자유롭지 못했으면 어땠을까, 상상해 본다. 실제로 우리 부모님은 가부장적인 환경에서 나를 키웠고 그로 인해 의문이 새싹처럼 자라난 것도 사실이다. 만약 종민의 집에서 호칭 요구를 쉽게 받아들이지 않았다면 어땠을까?

그렇더라도 나는 포기하지 않았을 것이다. 틈이 날 때마다 '며느리' 대신 이름을 불러 달라고 외쳤을 테고 그 과정에서 소모되고 좌절하더라도 또다시 시도해 보았을 테다. 내 이름을 찾는 과정이 어디 쉬운 일인가.

눈을 바짝 치켜들었더니 여성을 남성의 집에 종속되는 존재로 보기 때문에 생겨난 불평등한 호칭은 이뿐만이 아니다. 이상하리만치 입에 안 붙었던 '도련님'. 하인이 허리를 굽실거리며 양반집 자제를 높여서 부르는 말인 '도련님'이 영 껄끄러워 종민의 남동생을 부르지 않고 남아 있는 자존심을 챙기려 들 때가 있었다. 종민도 나의 언니를 '처형'이라고 부르지 '처형님'이라고 하진 않으니까. 지금은 각자 이름을 부르게 되었지만 한동안 적당한 호칭을 찾을 수 없어 '저기요', '여기요'라고 부르며 눈도 제대로 마주 보지 못했다. '아가씨'라도 있었다면 굽어진 등을 펴 내느라 또 얼마나 고단했을까!

결혼과 관련한 호칭들은 왜 이렇게 불평등할까? 왜 그 호칭들은 오랫동안 변함없이 유지되어 왔을까? 한때 '이상한데?'라는 의문을 품어 보기도 했지만 남들도 그냥 사는데 시끄러운 상황을 만들기가 싫어 모른 척했을 수도 있다. 그렇게 호칭의 문제가 다음 세대로 떠넘겨진다.

때때로 가정에서 불평등을 경험하며 어떻게 해소해야 할지 몰라 갈팡질팡하는 친구들을 만난다. 우리 가정을 예로 들며 호칭부터 바꿔 보라고 말하면 십중팔구 놀란 토끼 눈을 한다. "과연 호칭을 바꾼다고 가정 내의 평등이 바로 설까?" 되묻는 친구들은 자신이 가부장 중심의 사회 체계에 길들여져 있음을 인지하지 못한다. 호칭 문제로 집안에 분란을 만들기 싫고 단순히 언어만으로 분위기가 달라질 것 같지도 않다며 회의적인 태도를 보인다. 시도도 하지 않은 채 불만족스러운 현실에 머물고 마는 것이다.

언어는 여러 세대의 사고가 굳어져 만들어 낸 결과라 변하기 쉽지 않다. 언어는 또한 고민 없이 받아들인 고정관념이 집약된 무서운 도구이기도 하다. 더욱이 호칭은 직접적이고 일상적이며 습관적이다. 결혼생활 1년 만에 의문을 제기한 이래로 '며느리' 대신 '은덕'이 정착되는 데 4년이 소요된 것만 보아도 그렇다.

수원 부모님은 우리 앞에서는 '며느리'라는 단어를 사용하지 않지만 친척들이나 친구들과의 모임에서는 아직도 나를 '며늘아기'라고 부르신다. '은덕'이라는 이름과 사람들이 기대하는 '며느리'라는 말 사이에서 여전히 방황하고 계시다는 증거일 것이다. 타인의 시선에 구애받지 않기까지는 부모님에게 시간이 더 필요할지 모른다. 그러나 나는 더디더라도 오고 있음이 분명한 그날을 기쁘게 기다릴 것이다.

5. 밥 차려 주는 아내

"내가 아침밥 차려 줄 거란 기대하지 마. 너랑 결혼하기 전에도 챙겨 먹지 않았던 걸 결혼했다고 바꿀 이유는 없 잖아."

결혼 전부터 은덕은 식사 준비하는 일에 강하게 거부 감을 드러냈다. 혼자 살 때 은덕은 아침은 선식 한 잔, 점심은 회사 근처 식당에서, 저녁은 편의점에서 구운 계 란 두 알로 해결하는 사람이었다. 이런 사람이니 결혼했 다고 배우자를 위해 음식을 차린다는 게 영 마뜩지 않았 던 모양이다. 반면 나는 사랑하는 사람과 함께 살게 되 어 좋다는 생각뿐이었다. 아내가 차려 주는 밥상을 떠올린 적이 없던 터라 은덕의 말에 도리어 당황스러웠다.

"밥은 배고픈 사람이 차려 먹으면 되지, 별소릴 다하네. 그런 생각 해 본 적도 없어."

중국에서 유학하던 시절 스스로 끼니를 해결하며 지냈다. 저녁에 시장에 가면 퇴근길에 장을 보러 온 중국 남자들을 흔히 볼 수 있었다. 평생 엄마가 해 주는 밥, 아니면 식당 밥을 먹다 중국에서 처음 부엌일을 하면서 가장 먼저 배운 것은 설거지도, 양파 썰기도 아닌 밥 차리는 고단함이었다. 식탁을 가득 채우는 밑반찬은 언감생심 꿈도 꿀 수 없었다. 그저 굶지 않으려고 밥을 하고 그 위에 반찬을 하나 얹었다. 장을 보고, 식사를 준비하고, 차려 먹고, 설거지를 하는 데 매끼 시간을 들여야 하는데, 어디 이뿐인가! 뭘 먹을지 메뉴를 정하는 일도 여간 피곤한 게 아니라서 '인간은 진정 먹기 위해 존재하는가, 존재하기 위해 먹는가' 자못 철학적인 고뇌에까지 이르게 되는 것이었다. 매끼 거한 상을 차려 내었던 엄마의 뇌가 가족들 식사 준비와 그 밖의 집안 일들로 풀가동되어 다른 일은 생각할 엄두도 못 냈을 거라 생각하니 마음 한쪽이 짠했다.

세상이 많이 바뀌었다 해도 여전히 일상에서 요리는 여성의 일이며, 가정에서 음식을 하는 사람은 주로 엄마이다. 음식은 먹고 싶은 사람이 하면 되는데 우리 머릿속에는 엄마로 대표되는 여성의 노동이 각인되어 있다. 어느 주방세제 기업의 50주년 기념 광고를 떠올리면 쉽다. 젊은 엄마가 손주를 둔 할머니가 될 때까지 주방의 형태는 물론이고 식구들의 역할과 모습 또한 변화하지만 엄마가 싱크대 앞을 지키는 모습만은 50년 동안 한결같다. 제품 구매 유도가 목적이니만큼 소비자들의 공감을 기대하며 만든 광고였을 텐데, 주방은 엄마의 공간, 즉 여자가 머물러 있어야 자연스럽다는 고정관념을 여실히 보여 주는 셈이 되었다. 그러고 보면 어릴 적 "남자가 부엌에 들어가면 고추 떨어진다"는 할머니 말씀은 얼마나 모순인지! TV에서 어머니가 해 놓은 곰국이라도 없으면 밥을 드시지 않는 아버지의 모습이 여전한 것도 참으로 놀랍다.

　　어려서부터 엄마를 대신해 요리하는 아버지를 보아 왔던 나는 주방이라는 공간이 어렵지 않다. 부모님은 오랫동안 식당을 운영했는데 엄마는 조리, 아빠는 홀서빙으로 업무가 나뉘었다. 하루 종일 주방에서 일한 엄마를 위해 아버지는 집에서만큼은 엄마가 주방일을 하지 않도록 배려했다. 김치찌개를 끓이거나 국수를 삶고 삼겹살을 굽는 등 간단한 음식이 주를 이뤘지만 엄마 대신 주방에 들어가 가사를 분담하고자 했던 아버지의 의지는 확고했다.

결혼하고 은덕은 정말 주방에 서지 않았다. 나와 달리 가부장적인 아버지 밑에서 자라며 생긴 반발심이었을까? '요리는 여성의 일'이라는 인식 때문에 아예 주방 공간 자체를 거부했다. 나는 은덕을 억지로 떠밀기보다 묵묵히 기다려 주는 편을 선택했다.

주방에 서면 자꾸 욕심이 생긴다. 어차피 해야 하는 요리라면 첫술에 감탄사가 절로 나오는 맛을 내고 싶다. 먹기 아까울 만큼 아름다운 모양새의 음식을 만들어 '요섹남'이란 소리도 듣고 싶다. (요섹남. 요리하는 섹시한 남자. 여성 관점의 단어인데, 오죽하면 맛있고 멋들어진 요리를 해 주는 남성이 섹시하다고 할까!) 하지만 실제로는 요리 과정의 번잡함이 먼저 떠올라 즐거운 마음으로 주방에 들어설 수가 없다. 장보기는 물론 마늘 다지기나 대파 썰기와 같은 밑 준비부터 기름에 볶거나 뜨거운 물에 데친 뒤 양념을 입히는 일까지, 얼마나 수고스럽고 지난한 과정인지 요리를 하면 할수록 깨닫는다. 벗겨 놓은 양파 껍질과 잘린 생선 머리가 뒹구는 개수대는 떠올리기도 싫다. 수챗구멍에 낀 밥알을 빼는 일과 그것들을 음식물 쓰레기봉투에 담는 일까지 생각하면 속이 울렁거린다. 삼겹살이라도 구운 날에는 사방에 튄 기름때를 제거해야 하고 접시와 프라이팬은 세제를 몇 차례 눌러 짜도 여전히 미끄덩거린다. 이 모든 것이 요리를 주저하게 되는 이유들이다. 그럼에도 주방에 서야 한다. 당장 배가 고프니까.

식사 준비라고 해 봐야 햄을 볶거나 김치에 꽁치를 넣고 끓이는 정도이다. 딱 여기까지가 내가 스트레스 받지 않고 할 수 있는 음식이다. 처음 주방에 섰을 때 식사라고 하면 밑반찬 몇 개에 찌개나 국, 그리고 볶거나 튀긴 주요리 하나쯤은 올라와야 한다고 생각했다. 그렇게 먹어야 밥을 먹는 것 같은 느낌이 들었다. 엄마의 밥상처럼. 이제는 지난 수십 년 동안 엄마의 노동을 거저 받은 것 같아 죄송한 마음이 든다.

우리나라 식당의 음식들도 엄마의 밥상처럼 푸짐하다. 닭볶음탕이든, 해물찜이든 주문한 음식이 나오기 전에 밑반찬이 한 상 차려진다. 한국에 관광 온 외국인들은 한식의 푸짐함에 놀라며 '서비스'로 나오는 반찬에 밥 한 공기를 뚝딱 해치운다. 같은 한식당이라도 외국에서는 밑반찬에 값을 매긴다. 반찬 하나하나에 가치를 부여해 서비스가 아니라 수고가 담긴 음식으로 보는 것이다. 한국에서 그랬다가는 매정하다느니, 너무 상업적이라느니 말들이 많을 것이다. 한국사람이 외국의 한식당에 들렀다가 영수증에 찍힌 김치 한 접시 가격에 노여워하는 모습도 종종 보았다. 어쩌면 이런 식당 문화가 가정에서 주방의 노동을 가벼이 여기는 문제와 연결되어 있지 않을까? 정성, 푸짐함을 한국의 정(情)으로 당연하게 여기며 그 안의 고생은 보지 않거나 애써 무시하는 것 아닐까?

얼마 전, 은퇴한 남편을 둔 아주머니의 고민을 들었다. 출근하지 않으니 아침, 점심, 저녁으로 밥을 해 날라야 하는데 그때마다 남편이 음식 타박을 한다. 거기까지면 그래도 참고 살겠는데 꼭 다시 만들어 오라고 해서 그때마다 아주 미치겠단다. 늘 마음에 담아 두었던 이혼 생각을 실행하고 싶어진다고.

다행히 결혼하고 3년이 지나고부터 은덕이 주방에 들어섰다. 그 3년간 주방이 무성(無性)의 지대임을 보여 주고 기다렸을 뿐인데 은덕은 제 발로 주방에 들어와 요리를 하기 시작했다. 여자이기 때문에, 혹은 남자이기 때문이 아니라 단지 배가 고프기 때문에.

6. 부부 동반 가족행사

종민과 나의 인간관계는 단출하다. '언제 한번 만나자'
는 말이 공수표로 끝날 가능성이 농후한 사람들, 1년에
한 번 만나는 동창, 왕래가 없다가 어쩌다 결혼식에서
만나는 친구, 그리고 인맥을 넓힌다는 목적으로 이곳저
곳 기웃거리다 만난 사이까지 정리했더니 부모님과 지
인 다섯 명 정도의 인간관계가 형성됐다.

　이런 이야기를 하면 우리 노후가 걱정된다는 분들이
있다. 나이 들어서 외롭지 않겠냐는 것이다. 아직 어려
서 모르나 본데 이 세상엔 불필요한 관계는 하나도 없고
늙으면 자식보다 그 관계가 더 의지된다고 하신다. 이런

상태가 30년 40년 지속되면 암흑도시처럼 캄캄한 미래가 기다릴 거라는 말도 들었다.

안타깝게도, 여러 관계를 이고 살아가는 이들의 삶이 평온해 보이지 않는다. 왜 부모님 세대에 친구 빚 보증 섰다가 재산을 날렸다는 이야기, 망나니 형제 한 명이 온 식구의 일상을 뒤흔드는 이야기 하나씩은 들어보지 않았나. 하다못해 형제간, 동서간 다툼도 부지기수다.

불필요하다 싶은 주변 관계를 정리한 건 나에겐 종민만으로 충분하다고 여겨서이다. 나는 사람과의 관계에서 스트레스를 많이 받는 편이다. 사람을 많이 만날수록 종민을 소홀히 하게 된다. 정작 중요한 이를 소홀히 여기면서까지 다른 관계에 신경 쓰고 싶지 않았다. 24시간 늘 붙어 있는 종민에게만 다정하고 싶다.

'오늘이 당장 괴롭지 않은 일상'은 불필요한 관계만 벗어나도 훨씬 수월해진다. 나는 이 불필요한 관계에 일가친척도 포함시키고 싶다.

초등학교 때까지는 사촌 형제들과 왕래가 잦은 편이었다. 한때 나에게 그들은 외박이 허용된 유일한 관계였다. 자연스레 그 역할을 학교 친구가 대신하면서 사이가 멀어졌다. 사촌과의 관계는 부모님에서 비롯된 것이니 사촌과 내가 서로를 남다르게 여기지 않는 이상 멀어지는 게 당연했다. 나뿐만이 아니라 그들도 서로 연락 없이 지내다가 명절에만 만나는 관계가 어색할 것이다.

1년 내내 친척 행사에 얼굴 한번 내비치지 않은 나를 두고 어떤 이야기가 오가는지 알 수 없다. 내가 엄마의 입을 통해 그들 인생을 압축적으로 전해 들었듯 그들도 내 소식을 건너건너 들으며 살고 있을 것이다. 가끔 어떻게 사나 궁금하기도 했지만 내가 변한 만큼 그들도 변해 있을 테고, 만나지 못한 세월 동안 있었던 일들을 설명하며 어색하게 공백을 메우고 싶지는 않다.

내 일가친척과의 관계도 이럴진대 낯선 사람들로만 이루어진 종민의 가족과는 어떻겠는가. 사교성이라고는 손톱만큼도 없는 나의 기질은 수원 부모님과 그 형제들 틈에서 괴짜로 보이기 충분했다. 좋은 게 좋은 거고, 결혼한 상대의 혈연이니, 내 가족처럼 지내라고들 하시지만 30년 동안 한번도 본 적 없는 이들이 갑자기 내 인생에 들어왔는데 어떻게 활짝 웃는 얼굴로 '환영합니다'를 외칠 수 있을까? 당황스러운 감정은 내 속 어딘가에 감춰 두고 방긋방긋 억지로 웃으며 "괜찮은 사람 들어왔네"라는 말을 위안으로 삼아야 하는 걸까?

결혼과 동시에, 종민의 부모님과 동생이 나의 가족 범주에 등장하는, 그야말로 믿을 수 없는 일이 벌어졌다. 2년 동안 연애한 종민을 제외한다면 분명 낯선 이들이다. 그렇다고 여행지에서처럼 "반가워, 낯선 사람" 하며 손을 흔들며 발랄하게 인사를 나눌 수도 없는 노릇이다. 우리에게는 내 배우자 외에는 그 어떤 공감대도 존재하지 않는다.

낯선 이를 가족으로 받아들이는 일은 누구에게나 어색하고 어렵다. 얽힌 실타래처럼 서로에게 무언가를 바라고 대접하는 마음이 그 안에 숨어 있기 때문이다. 결혼과 동시에 시작되는 억지스러운 관계 맺음은 한 발짝 더 나아가 친인척 경조사까지 챙겨야 하는 가혹한 현실로 이어진다. 내가 왜 얼굴도 모르는 이들을 향해 친절한 사람, 착한 사람 코스프레를 하고 있어야 할까. 당신만 그런 기분이 드는 게 아니다. 때론 스트레스와 우울증으로 하염없이 눈물을 흘리거나 그 화풀이를 배우자에게 했을지도 모른다. 내가 그랬던 것처럼.

우리가 흔히 하는 실수 중 하나는 부모님께 불편한 점을 말씀드려도 개선되지 않으리라 지레 짐작하며 노력조차 기울이지 않는 것이다. 사실 부모 이야기만큼 부부 사이에 예민한 주제가 없다. 결혼식을 준비할 때부터 부모님과 관련한 사소한 이야기가 감정싸움으로 번지는 과정을 수차례 경험하게 되고, 이후로 부모님에 관해서는 자꾸만 함구하게 된다. 싹수 없는 사람으로 여겨질까 두려워서, 분란 만들기 싫어서, 혼자만 꾹꾹 참아 내고 만다.

결혼하고 2년쯤 되었을까? 수원 부모님께 부모님과 시동생과 관련한 행사가 아니면 참여하지 않겠다는 의사를 전했다. 정확히는 글을 통해 '커밍아웃'했다. 결혼하고 몇 번은 벌초를 비롯해서 종민의 일가친척 행사에 참석했는데 그때마다 '나는 여기 왜 와 있는 건가' 싶은 자괴감이 들었다. 도통 공통 화제를 찾을 수 없는 대화 자리에서 웃으면서 실실거리는 내가 맘에 안 들었다. 집에 돌아오면 밤낮 할 것 없이 종민에게 화풀이를 했다.

결혼 1년 뒤, 세계여행을 하며 그동안 나를 괴롭혔던 일들을 좀 더 객관적으로 바라볼 수 있었다. 덕분에 생각을 정리하고 차분히 이 문제를 글로 옮길 수 있었는데, 그 글을 부모님이 읽으셨다. 수원 부모님은 우리 블로그의 열혈 독자였다.

일방적이었던 나의 '커밍아웃' 글을 보고 어쩌면 부모님은 내 마음이 열릴 때까지 기다리기로 하신지도 모르겠다. 글이 아니더라도 종민을 통해서건 내 입을 통해서건 일가친척 모임에는 나가지 않겠노라고 어느 시점에서든 말씀드렸을 것이다. 이 부분은 결혼하면서 내가 받은 스트레스 중 가장 선두에 선 문제였기 때문이다.

나에게는 부모라는 존재에 관한 믿음이 있다. 배우자와 전적으로 협의해서 내린 결정이라면 그게 어떤 내용이든 부모는 자식들의 의견을 존중하며 그들의 삶을 좌지우지하지 않으리라는 믿음이다. 자녀와 그 배우자가 합심하여 본인들과 다른 방향을 추구하겠다면 처음에는 싫은 소리를 하실 수도 있지만 점차 인내심을 가지고 자식들 삶을 바라봐 주실 것이다. 관건은 결혼한 당사자들이 배우자에게 미안한 감정을 갖지 않고 서로가 원하는 방향으로 삶을 이끌어 갈 수 있느냐이다. '결혼하면 부모에게 이렇게 해야 해.' 이런 기대에서 조금만 어긋나도 상대를 심판대에 올리는 사람은 부모님이 아니라 안타깝게도 나의 배우자일 때가 많다. 부모님의 의견을 구하기도 전에 배우자가 먼저 무슨 말도 안 되는 소리냐며 노발대발 화를 내는 것처럼 김 새는 일도 없다.

'우리 부모가 나쁜 사람도 아닌데.'

'그렇게 많은 걸 요구하는 것도 아닌데.'

'나를 사랑한다면 조금 더 참아 줄 수 있지 않나.'

나의 희생을 강요하는 배우자에게 싫은 건 싫다고 분명히 말할 수 있기를. 싸우고 기분이 상하더라도 감정을 숨기는 것보다 이 편이 낫다.

잘못한 건 없는데 잘못하는 기분을 견디지 못해 친인척 행사에 끌려다닌 새드 드라마를 강제 종영시킨 다음 비로소 나는 우울한 기분을 떨쳐 낼 수 있었다. 결혼한 사람들은 내 삶과 시간이 원치 않은 방향으로 기우는 걸 당연하게 여기는 일이 많다. 사회의 기준을 맹목적으로 따라갈 필요가 없는데도 착오일지 모르는 일들을 순순히 받아들인다. 남들도 그렇게 산다고 나까지 그래야 하는 법은 없다. '남들은 잘만 사는데 나만 왜 이렇게 힘들까.' 우리 중 당신만 그런 기분이 드는 게 아니다.

7. 출산과 육아

인간의 삶은 선택으로 이루어지는데 그 결정이 얼마나 빈번한지 매 순간이 선택이라고 해도 좋겠다. 후회하지 않을 만한 인생의 길로만 걸어가면 좋으련만 그런 인간은 애초에 존재하지 않는다. 뿐만 아니라 기계 매뉴얼이나 수학 문제집의 답처럼 딱 떨어지는 완벽한 인생이란 기대할 수 없음을 우리 모두 잘 안다. 지구에 존재하는 인간의 숫자만큼 각기 다른 선택이 존재하기에 모든 삶이 지켜볼 만한 가치가 있는 것 아닐까. 잘한 선택도 있겠고, 잘못한 선택도 존재하기 마련이지만 인생이란 수레는 그 선택들을 싣고서 마지막 순간까지 굴러간다.

아이의 탄생은 한 생명이 펼쳐 나갈 수많은 선택의 시작이다. 또한 부모라는 문을 열기로 결정한 두 남녀의 확증이 담긴 위대한 사건이기도 하다. 그리고 출산 역시 선택이다. 가족계획을 하며 부부는 적절한 출산 시기를 선택한다. 내 인생에서 아이를 잘 키울 수 있는 시기가 언제인지, 양육하는 동안 부족하지 않은 경제적 요건이 마련될 시기가 언제일지를 저울질한다. 경험하지 못했기에 그 선택의 순간이 어떠한지 나로서는 알 수 없지만 은덕과 나는 결혼 전에 앞으로도 그 순간을 경험하지 않기로 약속했다.

아이를 낳지 않기로 했다고 말하면 주위의 반응은 대체로 '인생의 가장 큰 행복을 스스로 포기한다'와 '지금은 괜찮지만 나이 들면 외롭다'로 나뉜다. 아이가 생겨서 행복할 일도 있겠지만 그건 아이가 있는 부모의 입장이다. 은덕과 내가 아이를 낳지 않아 아이로 인한 감정을 알 수 없듯이 아이가 있는 부부는 결코 우리가 선택한 길 위에 어떤 행복이 있을지 알지 못한다. 나이 들어도 둘 다 건강하고 부부 사이가 좋아 외롭지 않을 수도 있을 텐데 너무 쉽게들 속단한다. 그들 또한 아이가 없던 시기를 겪었으므로 '우리 부부도 아이 없을 때는 그렇게 살았다'며 그 뒤의 일들을 모두 안다는 듯 말한다. 이는 마치 TV 드라마에서 보았을 뿐인 특정 직업군에 대해 잘 안다고 말하는 것과 다를 바 없다.

그보다 아쉬운 것은 우리가 왜 아이 없는 삶을 선택할 수밖에 없는지 누구도 묻지 않는다는 사실이다. 출산의 시기를 선택하는 것처럼 아이를 낳고 안 낳고도 선택의 문제로 보아주면 얼마나 좋을까? 은덕과 나는 그 선택의 기로에서 평생 둘이 지내기로 정했을 뿐이다.

아무리 둘러보아도 둘이 함께 평생 글과 여행으로 살고자 한 커플의 길을 찾을 수 없다. 아주 오래전에 그런 커플이 있었을 수도 있지만 그들이 지나간 길은 이미 수풀이 무성해지고 이정표도 남아 있지 않아서 우리로서는 따라갈 수 있는 길이 아니다. 우리 두 사람이 스스로 길을 내며 가야 하는 인생이라 칼로 넝쿨도 잘라야 하고, 웅덩이에 돌을 놓아 징검다리도 만들어야 한다. 이미 나 있는 길을 따라가면 이런 수고도 없겠지만 뭐 어쩌겠는가. 우리가 무엇을 원하는지 진지하게 들여다보니 다른 사람들이 갔던 길과는 많이 달랐으니 말이다. 다만 이 수고가 적지 않아서 지금 은덕과 나의 능력으로는 다른 사람을 받아들일 수 없다고 결론 내렸고, 그것이 아이를 낳지 않는 선택으로 이어졌다.

내가 감당할 수 있는 삶이 여기까지라고 느끼는데 우리의 노년이 걱정되어서, 혹은 인생의 즐거움을 더하기 위하여 아이를 낳을 수는 없는 노릇이다. 가려는 길이 험해도 아이가 함께하는 것이 옳은지, 만나지 못할 생명으로 마음에 묻어 두는 것이 옳은지는 훗날에 알 수 있을 것이다(아니, 훗날이라고 알 수 있을까). 은덕에게도, 나에게도 지금 우리의 삶에 충실한 선택을 했다는 사실만이 분명할 뿐이다.

"지금 쓰는 글들이 나중에 제 발목을 잡으면 어쩌죠?"

언젠가 강연이 끝난 뒤 한 분이 물어왔다. 생각은 늘 변하는데 지금 적어 둔 글이 이후에 쓴 문장을 부정하거나, 훗날의 약점이 되면 어쩌나 하는 걱정이었다. 나도 똑같은 생각을 한다. 그렇다고 글을 쓰지 않을 수도 없다. 글을 쓰지 않으면 이런 걱정마저도 의미 없는 일이 되어 버린다. 우리 생각은 원하는 인생을 향해 나아가며 끊임없이 변화한다. 그래서 이렇게 답할 수밖에 없었다.

"나중에 생각이 바뀐다면 그 변화를 인정할 수밖에 없지 않을까요? 책잡힐까 봐 걱정하기보다는요."

8. 경제력이 든든한 남편

한 남자와 한 여자가 결혼을 한다. 수년에 걸쳐 돈을 모아 내 집 장만의 꿈을 이룬다. 새 집에 입주하며 두 사람은 감격에 겨워 서로 수고했다며 등을 토닥인다. 〈즐거운 나의 집〉이 배경음악으로 흐를 법한 훈훈한 장면이 연출된다.

현실이 이런 해피엔딩 동화 같다면 얼마나 좋을까? 처음으로 장만한 집에 배보다 배꼽이 큰 대출금이 없다면 얼마나 좋을까? 현실에서 대출금은 족쇄가 되고, 때로 부부는 이를 나침반 삼아 대출금 상환이라는 공동의 목표를 향해 나아간다. 두 사람은 '경제적 공동체'가 된다.

대개 우리는 '이 사람이 아니면 안 되는 이유' 한두 가지를 가지고서 결혼을 결심한다. 이 '한두 가지'가 숫자로는 비록 미약할지 몰라도 결혼을 결심하는 데는 아주 중대한 요소가 된다. 나의 '한두 가지' 중 하나는 종민의 부모님이 〈한겨레신문〉을 구독한다는 사실이었다. 부모님과 대화를 통해 얼마든지 원하는 방향의 관계를 만들 수 있겠다고 판단했다. 또 하나는 종민의 온화하고 착한 품성인데 내가 갖지 못한 부분이기에 더 끌렸다. 이 두 가지가 확실했기 때문에 결혼을 결심할 수 있었다.

'사랑은 대체 어디에 있는 건가요?' 물을지도 모르겠다. 낭만에 초를 치고 싶지 않지만 사랑'만'으로 결혼하는 커플이 얼마나 될까. 무엇을 중요하게 생각하는지는 제각각일 수 있겠지만 말이다.

아마 결혼 결심의 중대한 요소로 부모의 구독신문을 꼽는 사람보다는 경제력을 포함시키는 이가 더 많을 것이다. 애당초 '아파트 평수'에 대해서는 생각해 본 적이 없었기에 나는 내 배우자가 경제력이 갖춰진 상태가 아니어도 상관없었다. 종민과 나는 성격이 판이하게 다르지만 그래도 공통점이 있다면 가장 중요한 가치로 경제력을 꼽지 않는 삶의 태도가 아닐까 한다. 우리는 부동산이나 주식 대신 다른 일에 열을 올린다. 이런 가치관이야말로 우리를 결혼으로 이끌어 준 일등공신이라고 생각한다.

결혼하기 전, 누구에게나 선택의 순간이 주어진다. 배우자의 경제력에 큰 의미를 부여하는 선택과 지금은 가진 게 없더라도 앞으로 함께 성장할 수 있을지에 의미를 두는 선택 말이다. 어느 쪽이 행복한지는 판단할 수 없다. 나는 후자를 선택했기에 전자를 겪어 보지 못했다. 하지만 이런 말은 할 수 있다. 종민과 나는 돈 때문에 싸우는 일은 없다고.

한국 사람들은 어떤 이유로 이혼할까? 법원행정처에서 발행한 〈2016 사법연감〉을 보면 우리나라에서 이혼 사유 1위는 '성격 차이'로 46.2퍼센트에 이른다. 2위는 11.1퍼센트를 차지하는 '경제 문제'다. 40대와 50대만 떼어 놓고 보면 '경제 문제'가 이혼 사유의 1위가 된다. 조기 퇴직이나 실직과 관련이 있을 것이다. 사실 실직은 가정생활의 수많은 위기 중 하나에 불과할지 모른다. 하지만 돈이 우선순위이고, 경제적 공동체라는 정체성이 큰 비중을 차지하는 가정에서는 가장 큰 위협이 될 수 있다.

어느 TV 프로그램에서 퇴사를 고민하는 남편에게 맞벌이하는 아내가 한 달 생활비를 열거하며 눈물짓는 장면을 봤다. 또 다른 장면에서는 그 남편이 아내의 명품 가방을 제작진에게 보여 주며 "제 월급이 이렇게 사라집니다"라고 말했다. 아내는 남편의 퇴사에 찬성할 수 없고, 남편은 자기 월급의 용도가 가끔 쓸쓸하고……. 누구에게도 결코 간단치 않을 문제이다. 다행히 나는, 내가 무엇을 더 중요하게 생각하는지 비교적 빨리 파악했다. 월급을 가져다주는 남편 대신 나와 인생 길을 함께 걸어가 줄 동반자의 가치가 더 컸다.

나의 지인은 이 사람과 연애를 할지, 말지 고민하는 어린 친구들에게 공지영 작가의 《네가 어떤 삶을 살든 나는 너를 응원할 것이다》의 한 구절을 읊어 준다고 했다.

믿으려면 진심으로, 그러나 천천히 믿어라. 다만 그를 사랑하는 일이 너를 사랑하는 일이 되어야 하고, 너의 성장의 방향과 일치해야 하고, 너의 일의 윤활유가 되어야 한다. 만일

그를 사랑하는 일이 너를 사랑하는 일을 방해하고 너의 성
장을 해치고 너의 일을 막는다면 그건 사랑을 하는 것이 아
니라, 네가 그의 노예로 들어가고 싶다는 선언을 하는 것이
니까 말이야.

내게는 이 말이 상대방을 사랑하기 이전에 나를 더
사랑하라는 이야기처럼 들린다. 당신이 누군가의 경제
력을 보고 결혼하기 이전에 당신과 함께 성장할 수 있는
사람을 먼저 찾으라는 의미로 들린다.

어릴 때부터 결혼이라는 제도가 어딘가 모르게 불안
하고 음울하게 느껴져서 나중에 혹여 결혼을 하더라도
끝까지 지속하지 못하리라는 예감을 종종 했다. 인생이
행복과 기쁨 그리고 축복 안에서만 살아지지 않듯 결혼
생활이 '비극'이 될 수도 있다고 생각했다. 비극이 어떤
이에게는 곧 이혼이 될 수 있지만, 나의 경우는 더 이상
함께할 이유가 없음에도 지속시켜야 하는 관계가 되었
을 때, 그게 바로 비극이다. 나에게는 모두가 완벽하다
고 여겨지는 관계에서도 애써 틈을 보려 하고 '비극'을

찾아내려는 악취미가 있다.

우리가 삶과 사랑에 충실하려고 하는 이유는 이 두 가지가 영원하지 않아서다. 사랑이 복잡하게 교차하는 우디 앨런의 영화 〈부부 일기〉처럼 우리 둘 중 누군가 혹은 두 사람 모두가 각자 다른 사람을 사랑하게 될지도 모른다. 그런데 함께 있는 동안 이만큼의 생산력을 발휘하며 공동작업을 해 왔고 원하는 삶으로 나아가기 위해 노력한 시간도 물거품처럼 사라져야 하는 것일까? 살아온 그 과정도 없었던 게 돼 버릴까? 아니. 그럴 수가 없다. 종민과의 관계 덕분에 나는 그전의 나보다 더 성장했기 때문이다.

9. 딸 같은 며느리

신혼 시절 우리는 신경 쓰는 게 많았다. 결혼과 함께 상황이 많이 바뀌었다고 느꼈고, 어른인 척 참고 견뎌야 하는 일들이 많아졌다고 여겼다. 사실 은덕보다는 내가 그랬다. 명절에는 부모님과 시간을 보내야 하고, 잘 알지도 못하는 집안 어른의 행사에 가야 한다는 의무감도 뒤따랐다. 결혼 전 수없이 많은 이야기를 나누고 우리가 경계해야 하는 사항들을 미리 공유했지만 꽉 붙잡지 못한 채 나는 어른과 아이 사이에서 흔들리고 있었다.

웹툰 〈며느라기〉가 인기다. "며느리가 되면 시댁 식구에게 예쁨받고 싶고 칭찬받고 싶은 시기"가 있다고 해서

'며느라기(期)'이다. 기가 막힌 표현이다. 결혼 직후 호칭이 달라지면 새로운 자아로 인정받고 싶은 욕구가 발현되는 걸까?

결혼하면 여성이 '며늘아기'라고 불리듯 남성은 '아범'이라고 불린다. 남자에게도 결혼 후 부모에게 어른 대접을 받고 싶은 마음이 있지 않을까? 하지만 그 아들 녀석은 여전히 엄마 품에서 놀던 '아이[兒]'에서 벗어나지 못한 채 아내와 엄마 사이에서 갈팡질팡하는 철부지이기 일쑤다. '아범아'라는 말이 '어른처럼 행동하는 철부지 아이'라는 뜻의 '아범+아(兒)'가 아닌지 엉뚱한 생각을 해 본다.

나에게도 철부지 시절이 있다. 은덕이 우리 엄마가 생각하는 딸 같은 며느리가 되어 주길 내심 바랐다. 사근사근한 성격이라면 그리 되지 못할 법도 없겠지만 은덕은 그런 사람이 아니다.

"내가 딸이 아닌데 어떻게 딸 같은 며느리가 되냐고. 난 수원 어머니가 바라시는 그런 사람이 아니라고. 내가 우리 집에서 어떤지 봤잖아. 우리 엄마한테도 그렇게 안 하는데 어떻게 너희 부모님한테는 그럴 수 있겠냐? 우리 엄마한테 미안해서도 그리 못 하겠네."

"부모님이랑 있을 때 잠깐이잖아. 내 입장도 좀 생각해 줘. 가운데에서 보고 있으면 식은땀 나고 누가 먼저 터지나 싶어서 불안해 죽겠어. 그냥 좋은 게 좋은 거잖아."

"넌 나하고 했던 얘기들을 다 잊은 거야? 이렇게 살면 부모님의 세상에서 벗어나지 못해. 네가 어떻게 하느냐에 따라서 어머니하고 내 사이가 고부갈등으로 번지는 거야. 적당히 넘어가려고 하지 말고 지금 힘들더라도 좋은 방법을 찾아야 해. 이건 나도 못 하고, 어머니도 할 수 없는 거야. 네가 중간에서 잘 정리하지 않으면 결국 우리 모두가 불행해져."

한 달에 한 번쯤 부모님 댁에 다녀오면 우리는 늘 이런 대화를 나눴다. 나는 부모님과 은덕 사이에서 이러지도 저러지도 못하고 있었다. 은덕을 생각하자니 엄마한테 미안하고, 엄마를 생각하자니 은덕에게 몹쓸 짓이었다. 그저 엄마도, 은덕도 적당히 연기하면서 지내길 바라고 있었다. 그 시간 동안 늘 한결같은 은덕은 은덕대로, 당신들이 바라는 모습을 더 이상 기대할 수 없음을 눈치 채신 부모님은 부모님대로, 어느 정도 각자의 자리를 잡아 가고 있었지만 나만은 제 역할을 찾지 못하고 오락가락하고 있었다.

결혼하고 1년 뒤, 세계여행을 떠나면서 모든 문제를 뒤로할 수 있겠다고 기대했다. 퇴사했으니 회사 문제가 끼어들어 올 수 없었고 거리가 멀어진 만큼 친척 혹은 친구 관계도 불화거리가 되지 않았다. 부모님 댁에 찾아갈 수 없으니 부모님과의 문제 역시 등장하지 않으리라 생각했다. 착오였다. 이 문제는 세계를 떠도는 2년 동안 형태를 달리해서 반복되었다. 부모님께 안부전화를 할 때면 나는 꼭 수화기를 은덕에게 넘겨주며 다정한 말 한마디 건네라고 요구했다. 기대대로 되지 않으면 은덕에게 쓴소리를 쏟아 내기도 했다. 생각해 보면 인천 어머님한테도 전화해서 할 말만 하고 끊는 은덕인데 연기를 하라고 종용했던 것이다. 기존의 틀을 벗어나지 못하면 갈등은 계속되는데, 그때는 그 사실을 받아들이지 못했다.

결국 문제의 핵심은 나에게 있었다. 은덕의 세계와 엄마의 세계를 이어 붙인 장본인은 그 누구도 아닌 나였음에도 연결만 시켜 놓고 매개자의 책임은 지지 않고 있었던 것이다. 두 사람이 현명하게 잘 해결해 주기만을 바라고 뒤로 숨은 내가 문제였다. 그동안 내가 원한 건 연극 한 토막에 불과했다. 부모님과 함께하는 하루 이틀만 연기하듯 넘기면 모두가 행복감을 느낄 것이라는 착각이었다.

연극은 연극일 뿐, 언제까지 역할놀이를 할 수는 없다. 내가 태도를 분명히 하지 않은 동안 모두가 서로에게 나쁜 사람이 되어 가고 있었다. 이제는 나만 나쁜 놈이 되어야 했다. 한쪽에게 확실히 나쁜 놈이 되어야 했다.

우리가 사는 세상과 부모님의 세상은 다르다. 우리는 우리의 행복을 찾으면 된다. 혹 당신이 결혼하고도 부모님의 세상 안에서 행복하고 싶다면 결혼을 신중히 다시 생각해야 한다. 갈등이 생기면 현명하게 해결하면 되지 않느냐고 하겠지만 누군가의 희생이 전제되어야 한다면, 그건 해결이 될 수 없다.

나는 은덕과 행복하기를 선택했다. 우선 부모님 댁에 가는 일은 은덕이 먼저 가자 할 때까지 기다렸다. 명절이 부담스럽다면 한 주 앞서 들렀다. 그마저도 부담스럽다면 부모님께 사정을 설명드리고 명절이 지난 다음에 들렀다.

　부모님 댁에서 식사 준비, 설거지는 내가 도맡아서 했다. 처음에 내가 부엌에 들어가는 모습을 보고 엄마는 "결혼 전에는 자기 그릇도 안 씻던 애가……" 하며 놀라셨지만 한 번, 두 번 이어지니 엄마도 그런 모습을 인정하셨고 은덕에게 부엌일을 강요하지 않았다. 간혹 아들이 설거지한다고 하면 어머니가 말리더란 이야기를 듣곤 하는데 그래도 아들놈은 꿋꿋이 주방에 들어가야 한다. 그 모습이 자연스러워진다면 우리는 부모님과 적당한 거리를 두는 데 성공한 것이다. 도로 위를 달리는 자동차들이 접촉사고를 피하기 위해 안전거리를 유지하듯 결혼한 이상 부모님과도 안전거리가 필요하다. 서로가 약간의 불편함을 느낀다면 안전거리가 적당히 확보된 셈이다. 부모님 입장에서는 처음에는 서운하시겠지만 시간이 지나면 오히려 편안하실 수도 있다.

　마지막으로 은덕이 부모님 댁에 도착해서 인사드린 후 방에 들어가 혼자 있는 모습을 자연스럽게 만들었다. 본래 집에서 책 읽는 시간이 많은 우리는 각자 거실과

침실에 머물며 말없이 지내는 시간이 길다. 은덕과 내게는 당연한 모습인데 부모님은 거실에서 수다도 떨고 과일도 깎으며 나긋나긋한 며느리의 모습이 되어 주길 바랐다.

은덕에게 우리 부모님 댁은 늘 어려운 공간이다. 남편인 내가 그런 은덕에게 익숙지 않은 장소에서 하고 싶지 않은 연기를 하라고 강요한 꼴이었다. 여기서는 이 모습, 저기서는 저 모습으로 가짜가 되어 주길 바라 왔음을 깨닫고 나서 나는 은덕에게 거실로 나오라는 요구를 멈추었다. 부모님께도 은덕은 원래 저런 사람이라고 말씀드리고 상냥한 자식 노릇은 내가 하고 있다. 오랫동안 고민해서 결론 내린, 모두를 위한 길이 이것이다.

옳고 그른 선택은 없다. 자신의 현실에 맞춰 알맞은 선택을 하면 된다. 그 과정이 조금 피곤하기는 하지만, 평생을 함께할 좋은 관계를 얻기 위해선 어쨌든 고민하고 선택해야 한다. 일이 잘 풀리지 않아 이혼한다면 뒤늦게 부모의 속앓이가 시작되겠지만 아직 부부 사이가 좋은데 갈라섰다는 부부는 보지 못했다. 부부가 평생 서로에게 든든한 나무가 되어 연리지(連理枝)처럼 살며 부모에게 걱정 끼치지 않기 위해 노력하는 것이다.

　자기만 생각하는 이기주의자들이라고 욕해도, 그보다 더한 욕을 해도 어쩔 수 없다. 우리의 선택이 틀리지 않았는지, 우리가 보기에 부모님은 행복하시다. 부모님이 보기에 우리도 사이 좋은 부부일 것이다. 은덕과 나의 행복은 다른 그 무엇보다 우리 둘이 좋아하는 것들에 집중한 결과라고 생각한다. 우선 은덕과 내가 행복해야 한다. 그런 뒤에 행복의 범주 안에서 부모님과도 잘 지낼 수 있지 않을까? 우리는 여전히 한 달에 한 번씩은 부모님을 찾아뵙고 부모님 댁 거실에 부담없이 드러눕기도 하며 하하 호호 잘 지낸다.

10. 명절증후군

결혼한 여자가 남자 집의 부속물임이 속수무책으로 드러나는 때가 명절이다. 아무리 세상이 많이 바뀌었다지만 차례음식을 준비하고 식구들 끼니를 챙기는 쪽은 주로 여자이고, TV 명절 특선 프로그램에 집중할 수 있는 쪽은 주로 남자다. 여자들은 부엌 한구석에 쪼그려 앉아 하루 종일 전을 부치고, 남자들은 앉아서 차려 주는 밥을 먹고 고스톱을 치는 집도 여전히 많다.

그런 면에서 나는 상대적으로 우아한 명절을 보낼 수 있는 조건이었다. 시가는 따로 제사를 지내지 않고 명절이라고 특별한 음식을 만들 일도 없다. 친가만이 간소한 제사상을 차리는데 엄마도 딱히 이 자리에 우리가 있어야 한다고 강요하지 않았다. 우리의 의지만 있다면 명절을 얼마든지 계획대로 보낼 수 있었다.

명절 때마다 양쪽 집에 찾아가 쫓기듯 인사드리고 나오는 게 싫어서 결혼 초, 설은 시가, 추석은 친가 식구들과 여행을 가겠노라 말씀드렸다. 시가는 대환영이었다. 식당을 하시는 수원 부모님은 명절이 아니고서는 어디 놀러 가는 일이 쉽지 않다. "아들 식구랑 여행 갔다"는 멘트가 남들 보기에도 부러움을 사면 샀지, 궁색하지는 않을 것이다. 친가도 간단하게 제사만 치르고 떠나면 되니까 결혼한 첫해는 계획대로 명절을 유쾌하게 보낼 수 있었다.

아무리 즐거운 여행이라고 해도 시가와 함께라면 부담되지 않느냐고? 사실 처음부터 부모님과 격의 없이 지냈던 건 아니다. 결혼하고 수원 아버지의 첫 번째 생신날, 아무것도 할 줄 모르는 내게 어머니가 말씀하셨다. "여기 앉아서 전이라도 좀 부쳐라. 내가 이거라도 시켜야 맘이 편할 것 같다." 당시에는 이 소리를 듣고 왜 마음이 무거운지 몰랐고 종민은 왜 이 자리에 쏙 빠져 있는지 납득이 되지 않았다. '왜 내가 전을 부쳐야 어머니 마음이 편하신 거지?'

한참을 지나고 생각해 보니 어머니는 '며느리'가 챙겨 주는 생신상을 받고 싶은 마음이었던 것 같다. 새로운 사람도 들어왔으니 다른 집이 그러하듯 시아버지의 생신상을 차려 주는 며느리를 기대하셨을 텐데 시가에서 설거지는 절대 하지 않겠다는 당돌한 며느리가 마음에 크나큰 갈등을 불러일으켰을 것이다. 어머니 말씀은 음식상을 전부 차리라고는 하지 않겠지만 전이라도 부치면서 '며느리 노릇'을 하라는 의미였을 것이다. 그 말 한마디가 어찌나 깊게 박혔는지 나는 시가에 가면 더욱더 부엌에 들어가지 않으려고 발버둥을 쳤다. 이렇게 격렬한 저항을 해야만 있는 그대로의 내 모습을 인정하실 것 같았다.

그런 시간을 보내고 부모님은 더 이상 매스컴과 자신의 친구들, 친척집에서 보았던 며느리상을 고집하지 않으신다. 명절에 부모님과 여행을 떠나는 일이 큰 부담으로 다가오지 않는 이유다. 나는 부모님에게 잘 보일 기회를 뺑 차 버렸다. 미움을 받아도 괜찮다고 생각했다. 내 마음의 평안, 그것으로 충분했다.

긴 여행을 다녀온 다음에는 상황이 바뀌었다. 바쁜 회사생활을 하지 않으니 이벤트처럼 굳이 명절에만 부모님을 만날 필요가 없어졌다. 우선순위에 부모님 댁 방문을 올려놓고 수원과 인천에 찾아간다. 명절 전주에 부모님 댁에 갔다면 명절에는 방문을 건너뛰기도 한다. 여행이 일이 된 지금은 해외에 있어서 함께 보내지 못할 때도 많고 명절이 예전만큼 감정과 육체를 소모할 거사가 아니어서 그런지 부모님도 우리도 명절에 큰 의미를 두지 않게 되었다.

나는 운이 좋은 사람이다. 시가가 제사를 지내지 않아서, 명절노동을 당연시하지 않는 배우자를 만나서가 아니라 미약한 '투쟁'으로 원하는 것을 얻었기 때문이다. 만약 시가가 일가친지가 모이는 제사에 나의 노동을 당연하게 생각하는 집이었으면 어땠을까? 종민의 남동생이 결혼을 해 그의 배우자가 시가에서 강제노동을 하고 있더라도 지금과 같은 방식을 고수할 수 있을까? 그녀가 강제노동이라 생각하지 않고 결혼을 했으면 당연히 제사 준비를 해야 한다는 식으로 생각한다면?

여러 변수에 맞서 '명절 가이드라인'을 만들어 보고 싶다.

1. 명절 때 차례음식 준비는 여자의 일이 아니다.

결혼한 여자는 시가의 부족한 일손을 때워야 하는 존재가 아니다. 부모님이 힘이 부쳐서 더 이상 차례상을 마련하지 못하겠다면 당신의 아들 도움을 받는 것이 마땅하다. 차례의 규모를 줄여 나가는 것도 방법이다. 우리는 다만 부엌에서 일하고 있는 배우자의 조력자로서 도움의 손길이 필요할 때 명절노동에 참여하면 된다.

2. 두 번의 명절을 여자 쪽 집, 남자 쪽 집 공평하게 나누어 간다.

명절에 양쪽 집을 찾으면 부담이 크다. 시가에서 오랜 시간을 보내고 부랴부랴 친가에 들러 한 끼 식사를 때우는 일도 불공평하다. 친가와 시가의 거리가 있다면 설날, 추석을 나눠 가든가, 가깝다면 공평하게 1박 2일씩 일정을 나누어 방문하는 게 좋다.

각자 부모님을 뵈러 가는 것도 하나의 방법이다. 한번은 일에 치여 각자 부모님 댁에 방문한 적이 있다. 수원 어머니는 종민에게 '혼자 올 거면 차라리 안 오는 게 낫다'고 말씀하셨고 우리 엄마는 '그럴 수도 있지'라는 반응을 보였다. 수원 어머니는 따로 자주 뵙는 것보다 드물더라도 같이 오는 걸 더 좋아하신다. 하지만 그럴 시간이 없다면 부모님이 적응할 수 있도록 시간을 두고 따로 뵙는 연습을 해 두면 좋다. 명절에 혼자 가도 낯설지 않게 느끼시는 날이 올 때까지.

3. 내 부모는 내가 감당한다.

그 어떤 배우자라도 자기 부모님 일이라면 금세 흥분하고 예민해지기 쉽다. 특히 명절에 '며느리/아내의 도리'를 운운하며 자신의 역할을 애써 축소하고 배우자를 링 위에 세우는 남성들을 본다. 앞서의 명절 가이드라인은 대체로 남자들의 세계에서 어디서도 듣도 보도 못한 행동 강령일 것이다. 대부분 소극적일 수밖에 없다. 그러나 남자 배우자가 적극적으로 동참해야 명절 바로잡기를 실현할 수 있다. 구체적으로는 명절 가이드라인을 실천하다 부모와 갈등이 불거졌을 때 아들이 당사자로 나서서 내 부모를 책임져야 한다.

　나는 2세 계획, 가사노동의 분담과 더불어 명절 대처 방안도 결혼 전에 충분히 대화하고 협의한 끝에 문서화하길 권한다. 여성들이 명절 때 받는 스트레스는 배우자뿐 아니라 여성 자체도 간과하는 면이 없지 않다. 6개월에 한 번씩 찾아오는 명절 스트레스가 배우자와 시가를 향한 울분으로 바뀌면서 결혼생활은 불행에 빠진다. 전혀 다른 세상에 살고 있는 것처럼 보이지만 이 문제로 인해 내 어머니의 세대가, 내가, 그리고 내 자녀의 세대가 불행에 이미 빠졌고 앞으로도 그러리라는 걸 우리는 알고 있다. 지금 바꿔 나가야지만 다음 세대가 위안을 찾을 수 있다.

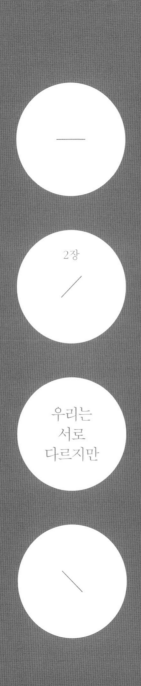

2장

우리는
서로
다르지만

1. 왜 동거가 아니고 결혼인가?

종민과 나는 왜 동거가 아니라 결혼을 했을까. 독립적으로 살고 싶다는 사람이 동거가 아닌 결혼을 택한 이유는 종민과 '사회에서 공식적으로 인정받는 관계'를 맺고 싶어서였다. 이러한 욕구가 잘못된 것은 아니나 때때로 '그렇게 편할 대로 살 거면 결혼은 왜 했느냐'는 넓은 오지랖을 마주한다.

연애하는 2년 동안 우리는 '반동거'를 했다. 종민은 평일 4박은 수원 부모님 댁에서 보내고 주말 3박은 나와 함께 보내는 이중생활을 했다. 금요일 저녁이면 합정동 나의 집으로 퇴근했고 월요일 아침에 출근하며 나의 집을 나섰다.

완벽하게 구축해 놓은 깔끔하고 평화로운 공간에 누군가를 맞아들이는 일은 쉽지 않았다. 그래서 동거가 아니라 반동거부터 시작했고 종민의 어떤 살림살이도 들이지 않았다. 칫솔과 치약도 올 때마다 가지고 오라고 말해 둔 터였다. 주말을 함께하는 사랑하는 사이여도 엄연히 내 공간을 지키고 싶었다.

책에서 "배우자를 어떤 사람으로 선택하느냐에 따라 여자의 삶이 완전히 뒤바뀔 수 있다"는 문장을 읽은 적이 있다. 여자와 남자 모두에게 해당되는 말일 것이다. 반동거를 하면서 종민과 함께라면 독립적이며 평등하게 살겠다는 꿈이 가능하지 않을까, 희망을 엿보았다. 그래서 반동거→동거→결혼 순이 아니라 반동거→결혼으로의 점프가 가능했다.

동거가 아니라 결혼이었던 데는 나의 기질도 한몫을 차지했다. 나는 고등학교 3년을 학과 공부와는 담을 쌓고 오로지 책, 영화, 음악에 파묻혀 지냈다. 교실 맨 뒷자리에 앉아 조간신문을 첫 페이지부터 마지막 페이지까지 정독하며 학교 일과를 시작했다. 시사지, 주간 영화지, 월간 영화지까지 정기구독한 매체만 해도 네 가지였다. 용돈과 종종 부모님 일을 도우며 받은 임금(!)으로 나는 착실히 공부와 담을 쌓아 갔다. 영어와 국어 과목을 제외한 수업 시간에는 소설책만 들여다보았고(보통 매일 한 권에서 두 권 정도를 수업 시간에 완독할 수 있었다) 5시 정규 수업이 끝나면 야간 자율학습 대신 구청 도서관에 가서 책을 빌리거나 영화를 보러 가거나 클럽에 헤드뱅잉을 하러 갔다.

학구열로 무장한 또래 집단 사이에서 나는 '괴짜'라 불렸다. 내가 자초한 면이 없지 않으나 나름 치열한 청소년기를 보낸 셈이다(이 시기에 또래 집단에서 벗어나 겉도는 일은 어른이 되어 세상 눈치 보지 않고 하고 싶은 것들을 하면서 사는 삶보다 현실적으로 더 어려움이 있다). 그때는 세상에 이렇게 재미있는 것들이 많은데 쓰잘데기 없이 주입식 학과 공부는 뭐 하러 할까 싶었다.

당연하게도 반 꼴등은 언제나 내 차지였다. 수업 시간에 맨날 책만 읽으니 그럴 만도 했다. 시험 때는 답안지에 한 번호로 줄을 세우고 영화 보느라 밀린 잠을 잤다. 한번은 '날라리' 친구가 "고마워. 이번에도 꼴등을 맡아

줘서"라고 말을 건넸는데 내 딴에는 공부 따위 하려고 맘만 먹으면 얼마든지 할 수 있는데 안 한다는 마음이 컸기에 웃어 넘길 수 있었다.

왜 자퇴하지 않았냐는 의문이 들 수 있겠다. 실제로 자퇴를 생각해 보았지만 당시에도 나는 '사회에서 공식적으로 인정받는' 학교생활을 선택했다. 내가 처한 현실을 벗어나지 않으면서 대안을 실행해 볼 수 있다고 생각했고 또 실제로 그렇게 행동했다.

이런 성향으로 나는 결혼제도를 부인하는 대신 이 안에서 대안을 모색하고 있다. 나는 여성과 남성이 동등한 권리를 갖고 태어난다고 믿는다. 하지만 결혼제도 안에서 남성과 여성은 불평등하다. 집안일에 많이 참여한다고 주변의 칭찬을 받거나 개념 있는 남편이라고 한껏 칭송받는 누군가를 보면 불편하다. 남편이 자기 부모 집의 크고 작은 일을 알아서 잘 정리해 준다고 감사해야 하는 상황이 이상하기만 하다. 가사는 누군가를 도와서 하는 행위가 아니라 합리적으로 분담해서 해야 하는 '자신들'의 일이며 부모님 댁의 일은 각자의 선에서 해결하는 게 너무나 당연한데 왜 특별한 시선으로 바라봐야 하는가.

잘못에 잘못으로 대응하는 것으로는 상황이 나아지지 않는다. 가정생활의 불편한 지점이 무엇인지 떠올려 보고 그걸 지나치지 않는 예민한 감수성을 키워야 한다.

'좋은 게 좋은 거지.'

'남편도 참아 내고 있는데 내가 뭐라고.'

'그래도 우리 남편이랑 시가는 좋은 분들인데. 나 때문에 분란이 일지는 않을까.'

이런 체념이 내 마음속 외침을 가로막게 놔둘 수 없다.

2. 우리의 결핍, 우리의 도전

결핍. 너무 흔한 표현이지만 우리 인생의 8할은 결핍이 아닌가 싶다. 작은 결혼식을 올린 건 일반 예식장의 품위 없는 절차가 맘에 들지 않아서이기도 했지만 금전적인 이유도 있었다. 부모님의 도움을 일절 받지 않기로 마음먹고 결혼식 비용을 줄일 방안을 강구하다가 '작은 결혼식'을 생각했다. 나는 원피스를, 종민은 캐주얼 정장을 입기로 하고, 머리와 화장은 홍대의 작은 미용실에서, 스튜디오 사진 촬영은 건너뛰면서 비용을 획기적으로 줄일 수 있었다.

'한 달에 한 도시' 세계여행도 마찬가지이다. 우리는

관광지를 찾아다니며 셀카로 기념사진을 찍는 여행을 좋아하지 않았다. 그보다는 현지 사람들의 일상과 그 사회 시스템을 움직이는 힘이 마음을 끌었다. 그러다 보니 자연스레 한 달이라는 시간을 들여 도시를 깊숙이 들여다보는 여행법을 알아보게 되었다.

세계여행자들이 1년 동안 얼마의 돈을 쓰는지 산출한 통계 자료를 보니 평균 2천만 원에서 3천만 원이었다. 그중 상당 부분이 교통비와 숙박비였는데, 나라 간 이동을 줄이고 숙박 공유 플랫폼에서 장기 숙박을 하면 우리의 핸디캡, 그러니까 두 사람이 한 사람 경비로 여행을 마쳐야 하는 문제를 극복할 수 있겠다는 계산이 나왔다.

우리는 부족한 게 많은 사람이다. 종민은 늘 뭔가를 배우려고 하는데, 중국에서 미처 끝내지 못한 대학 공부에 미련이 남아서이다. 나는 영어를 입도 뻥끗 못 한다. 종민의 중국어 실력과 남다른 언어감각이 언어 머리 없는 내가 사랑에 빠진 결정타였음을 인정한다. 우리는 서로에게 부족한 것들을 메우고 또 대안을 찾으며 새로운 시도를 하고 있다.

2장. 우리는 서로 다르지만

우리에게 결핍은 일을 추진하는 원동력이 되어 준다. 비참함을 안겨 주는 대신 무언가를 시도하는 자극을 선사한다. 하지만 결핍이 불안까지 덜어 주지는 못한다. 2년 동안 천천히 지구를 여행한 결과 우리는 빈털터리가 되어 한국에 도착했다. 물론 꿈만 꿨던 세계여행을 다녀왔고 우리의 여행기를 책으로 내자는 계획까지 실현했지만 '통장 잔고 0'이 주는 현실의 무게는 물리칠 수 없었다.

한국에 돌아와 그야말로 현실과 이상의 갈림길에 섰다. 다시 직장을 찾아야 할지, 말아야 할지도 결정을 못 하겠고 무엇보다 집 걱정에 잠을 설쳤다. 한국에 온 지 2주가 되던 날, 함께 살자는 수원 부모님의 제안을 뿌리치고 월세 집을 구했다. 좀 더 편하게 지내려면, 현실에 안착하려면, 다시 일자리를 구하고 그대로 주저앉아야 했지만 그건 우리가 바라는 삶이 아니었다. 보증금 1천만 원을 겨우 만들었다. 월급쟁이 대신 글쟁이가 되기로 했으니 이내 월세 60만 원이 목을 조여 왔다. 팔자 좋게 세상 여기저기를 유랑하던 세계여행자의 가난한 서울살이가 시작된 것이다.

어떻게 살까 막막했지만 우리는 이 빠듯한 서울살이

를 '버티는 삶'이 아닌 '여행의 연장'으로 생각하기로 했다. 그랬더니 현실이 다르게 다가왔다. 월세 60만 원이라면 여행하며 하루에 2만 원짜리 숙소에 묵는 셈인데 이 정도 숙박료면 나쁘지 않은 조건이라 위안이 되었다. 유럽에서는 고작 방 한 칸 빌릴 금액으로 서울에서는 집 전체를 사용할 수 있으니.

부모님 집에 맡겨 두었던 짐을 찾아 정리하는데 그중 절반 가까이가 필요 없었다. 이전에 살던 집의 빈 공간 만큼 채워 두었던 '미련의 부산물'로 여겨졌다. 언젠가 필요할지 모른다는 생각에 입지도, 사용하지도 않은 옷과 제품 들을 방 안에 쌓아 놓고 살았는데 위아래 열 벌도 안 되는 옷으로 2년을 여행한 자의 눈에는 이 모든 게 사치로 보였다. 그 '언젠가'는 찾아오지 않을 것임이 분명하게 느껴졌다.

새롭게 시작하는 서울살이를 위해서 소비를 줄이고 최소한의 비용으로 살아가는 법을 배워야 했다. 커피숍에서 음료를 사 먹거나 술집에서 술을 마시거나 식당에서 밥을 사 먹는 일을 자제하고 아끼고 아끼며 살기로 했다. 휴대전화도 5만 원을 충전하면 1년 동안 번호를 유지할 수 있는 선불 유심을 사용했다. 여행에서 우리가 살아온 방식 그대로를 서울살이에 적용한 것이다. 조금 불편했지만 부족하지는 않았다.

우리 두 사람의 꿈이었던 세계여행은 일단락되었다. 여행이 끝났다고 당연하다는 듯 일상으로 돌아갔다면 거기까지였을 것이다. 하지만 우리는 이 결핍이 가져다 준 불안감을 애써 치워 버리지 않고 옆에 두고 함께 걸어가기로 작정했다.

3. 나의 슬픈 '종민박스'

은덕과 내가 사는 집에는 '종민박스'라는 물건이 존재한다. 이름에서 눈치챌 수 있듯이 내 물건만 담아 놓을 수 있는 상자다. 자기 혼자 쓰는 물건이 얼마나 많은지, 혹은 자기 물건에 얼마나 집착하는지 보여 주는 박스 같지만, 실상을 알고 나면 기가 막힐 것이다.

종민박스는 은덕과 나의 성향 차이를 보여 주는 물건이다. 은덕은 눈앞의 어수선함을 참지 못한다. 특히 많이 거슬려하는 살림살이는 빨래건조대이다. 그래서 은덕에게 가장 힘든 시간은 빨래를 너는 순간부터 다 말라서 걷는 순간까지다. 화장실 가다가도 빨래가 말랐는지

만지고, 밥 먹기 전에도 확인한다. 잠자기 전에도 반드시 빨래건조대를 찾는데 아마도 '내일 아침에는 걷을 수 있겠지' 주문을 외우는 듯싶다. 다른 집에서라면 배우자의 이런 행동이 두 사람이 살아가는 데 따뜻한 온기가 되어 줄 테지만, 우리 집에서는 좀 다른 의미가 있다.

결혼 초기, 은덕이 앞으로 빨래 걷기는 자신이 맡을 테니 나는 세탁기 돌리는 일에만 신경 쓰라고 말했다. 이렇게 가사 분담이 이루어지는구나 싶어 기뻤고 한동안 빨래 개는 일은 신경 쓰지 않았다. 어느 날 빨래를 개고 있는 은덕 옆에 앉기 전까지는.

"은덕아, 너 지금껏 빨래를 이 상태로 개었던 거야?"

"더 널어 봐야 이 정도일 텐데 됐지, 뭐. 건조대를 치울 수 있어서 너무 기뻐."

옷을 만지는데 반건조 오징어에서나 느껴질 법한 축축함이 손에 묻어났다. 은덕은 거실 한 켠에 펼쳐진 빨래건조대가 너무 거슬린 나머지 건조 상태가 어찌 되었건 자신이 정해 놓은 시간이 지나면 빨래를 걷었던 것이다. 한동안 옷에서 이상한 냄새가 나길래 뭐가 문제일까

고민하던 차였는데 원인이 여기 있었다.

우리 집에서 물건에 집착하는 사람은 종민박스의 주인인 내가 아니라 은덕이다. 은덕은 병적으로 물건 정리에 집착한다. 어느 정도인지 말해 보자면 매 순간 주변을 둘러보며 자기가 정한 규칙에 따라 물건을 정리한다. 약통 자리, 물컵 자리, 노트북 자리를 정해 두고서 약을 먹으면, 물을 마시면, 노트북을 다 사용하면, 그 즉시 옮겨 놓는다. 우리 집에 들어온 모든 물건은 은덕의 규칙에 따라 자기 자리를 잡고, 도서관에서 잠시 빌려 온 책들마저도 읽은 책, 읽고 있는 책, 읽을 책으로 자리가 나뉜다. 은덕은 책상에 뭐 하나 올라와 있는 꼴을 보지 못하는데, 내 기준에서는 집착증처럼 보인다(실제로 나로서는 이해 못 할 수준이라 정신과 상담을 몇 차례 권유하기도 했다).

내가 생각할 때 나란 인간은 정리에 대해 '보통의 무신경함'을 지니고 있다. 택배가 도착하고 물건을 끄집어내어 이리저리 살펴보고 있는 와중에는 택배 박스와 포장재들이 방바닥에 널브러져 있어도 상관 없다고 생각한다. 뭐, 잠깐이니까. 밖에서 장을 보고 들어온 뒤 손부터 씻으러 화장실에 들어가 있는 동안 식탁 위에 둔 장바구

니는 내게 별 문제가 되지 않는다. 그러다가 가끔 냉장고에 넣어야 하는 것들을 잊어버리기도 하지만 한두 시간 안에는 치운다.

은덕은 이런 모습을 참지 못한다. 손놀림이 얼마나 빠른지 내가 인지하지 못한 사이 물건은 정리당한다. 내가 손톱깎이를 쓰고 잘린 손톱과 발톱을 버리러 쓰레기통에 가는 동안에 은덕은 방바닥에 놓인 손톱깎이를 치운다. 책을 읽던 중 잠깐 책상 위에 올려놓고 커피를 내리러 다녀왔다면 책은 어김없이 사라져 있다. 물건에 다리라도 달린 건가 싶을 정도로 모든 물건이 원래의 자리로 돌아가 있다. 열에 일곱은 내가 치우기도 전에 은덕의 손길이 닿으니 이건 뭐 내가 물건 치우는 사이보그와 살고 있나 헷갈린다.

외출하고 돌아와서 책가방이며 옷가지들의 정리도 은덕이 한 발 앞선다. 분명 '조금 있다 치워야지' 생각하고 등을 돌렸을 뿐인데 뒤를 돌아보면 언제 움직였는지도 모르게 물건들이 말끔히 정리되어 있어서 당황스러운 적이 얼마나 많았던지.

아마도 은덕의 기준 안에 들어올 수 있는 사람은 대

한민국에 몇 없을 텐데(나는 그렇게 믿는다) 은덕의 행동이 문제가 되는 지점은 이 모든 게 혼자만의 룰이라는 점이다. 종민박스도 마찬가지이다. 은덕은 자신에게 필요 없는 물건은 꼭 버려야 하는데 개중 내게는 꼭 필요한 것들이 있다. 쓰지 않는 스마트폰, 일회용 면도기, 컴퓨터와 카메라 부품 등 은덕의 관심 밖에 있는 전자제품이 특히 그렇다. 종민박스는 은덕 입장에서는 쓰레기통에 넣어야 하지만 그럴 수 없는 것들의 집합소인 것이다.

처음엔 내게 소중한 물건들이 다른 이에게는 쓰레기라는 사실을 쉽게 받아들일 수 없었다. 은덕은 동일한 제품을 한 개 이상 집에 두려고 하지 않는다. 나는 지금 사용하는 스마트폰이 고장 나면 사용할 비상용이 있으면 좋겠고, 전기면도기를 쓴다고 해도 가끔 날이 달린 면도기로 사악사악 수염을 밀고 싶다. 은덕은 좁은 집을 깨끗하게 정리하고 살기 위해서는 이 모두를 포기해야 한다고 요구한다. 나를 무시하는 듯한 이런 규칙들 때문에 초반에는 여러 차례 심각한 다툼이 이어졌다.

종민박스는 내가 예비로 챙겨 놓은 물건들이 쓰레기

봉투에서 발견되는 일이 몇 차례 반복되고 나서 만들어졌다. 같은 품목이 두 개, 세 개 있더라도 종민박스 안에 넣으면 절대 은덕의 손이 닿을 수 없다. 이를테면 우리 집의 '치외법권' 구역이랄까.

그나저나 종민박스에 무엇이 들었는지 목록을 적어 본다. 안경 몇 개, 전자제품 충전기들, 컴퓨터 연결 케이블, 악력기, 얼굴 마사지 도구, 외장하드 몇 개다. 안경을 쓰지 않고, 전자기기와 친하지 않으며, 외모에 들이는 수고를 이해하지 못하는 은덕 입장에서는 사용할 일이 없는 품목이다. 슬프지만 종민박스 외에는 갈 곳이 없는 물건들이다.

4. '종민박스' 전과 후

'저 자식은 뭐만 없어졌다 하면 내가 버렸다고 생각을 하네.' 쌓아 놓길 좋아하는 남자와 쌓는 걸 거부하는 여자가 만나 매일 싸움질이다. 결혼해서는 종민이 내가 살던 곳으로 왔으니 자기 공간이라고 부를 만한 게 없었다. 여행 가서는 남의 집에서 방 한 칸을 빌려 사니 거기서도 자기 공간이라고 할 만한 게 없었다. 그의 설움은 이때부터 시작되었던 걸까?

세계여행을 마치고 이사 가던 날, 월세이지만 온전한 내 집이 생겼다는 마음으로 종민도 나도 없는 살림이지만 차곡차곡 짐 정리를 시작했다. 정리정돈과는 거리가 먼 종민은 벌려 놓기 바쁘고 나는 그의 뒤를 따라다니며 버리거나 어느 한구석에 처박아 넣으며 바쁜 나날을 보냈다.

이사하고 2주일 동안 우리는 매일 싸웠다. 종민은 내가 나만의 틀에 자신을 쑤셔 넣으려 한다며 화를 내고 나는 강박적으로 종민에게 정리정돈을 요구하고 있었다. 새로운 집에서 어떤 물건을 어디에 놓을지 초반에 시스템을 만들어 놓으면 오래도록 집을 깨끗하게 유지할 수 있으리라 판단했다. 함께 정리정돈 시스템을 만들어 가고 싶었지만 종민은 애시당초 정리정돈과는 거리가 먼 사람이었다.

졸졸 따라다니며 그가 어질러 놓는 물건을 조용히 제자리로 옮겨 놓거나 슬며시 버릴 때가 많았다. 종민은 없어지거나 버려진 자신의 물건을 찾아낼 때마다 불같이 화를 냈다. 그를 위해 종민박스를 만들고 뭐든지 쌓아 놓을 수 있는 공간을 마련했지만 그 후로도 뭐만 없어졌다 하면 나를 찾는다. 매일같이 소리 없이 물건을 치워 댔으니 먼저 의심할 만하지만 '종민박스'가 만들어진 뒤로는 그의 물건을 건들지 않는다. 종민에게 나는

'양치기 소녀'가 되어 버렸나 보다. 무조건 나부터 의심하니. 그래 놓고 꼭 자기 가방이나 주머니에서 잃어버린 물건을 발견하고 멋쩍게 하던 일을 계속한다.

2년 동안의 세계여행 중, 유럽과 남미를 지날 때까지 우리는 하루가 멀다 하고 싸움을 벌였다. 이렇게 싸우다 여행을 끝이나 낼 수 있을까, 스스로도 확신할 수 없을 만큼 치고받았다. 그러다 아시아로 들어서고 여행이 막바지에 이르면서 싸움의 강도와 횟수가 잦아들었다. 상대를 이해하기보다 인정하기로 마음먹고 나서였다. 30년을 나와 다르게 살아온 사람을 이해하는 일이 사실상 불가능함을 깨달은 뒤였다. 서로를 바꿀 수도 이해할 수도 없음을, 770일을 온전히 함께 붙어 있으면서야 발견하게 된 것이다. 그런데 한국에 와서는 그걸 새까맣게 잊어버리고 종민을 내가 정한 틀 안에 가둬 두려고 했다. 어지럽히면 어지럽히는 대로 내버려 두면 될 것을 제자리에 놓으라고 윽박질렀다.

어떻게 해야 배우자와 앞으로 남은 긴 시간을 잘 보낼 수 있을까. 이 질문에 아직 해답을 찾지 못했다. 파도가 들이닥쳤을 때 여전히 그 파도가 새롭기만 하고 어떻게 넘어야 할지, 숨은 쉴 수 있을지, 물은 먹지 않을지, 궁리할 시간도 없이 파도에 휩쓸리고 몸이 젖고 만다. 다른 사람을 다른 자아로 인정하기에 아직도 내공이 부족한가 보다. 나와 본질적으로 다른 자아로 상대방을 인정하고 한 발자국 물러서는 것만으로도 두 사람의 관계는 나아지리라는 걸 알지만 그게 쉽지 않다. 그래서 오늘도 우리는 서로를 다그치고 있나 보다.

5. 질서 성애자

자신과 잘 맞는 도시는 공항에 도착하는 순간부터 알아챌 수 있다고 은덕은 말했다. 그걸 뭐라더라. 영혼의 도시? 뭐 그렇게 표현했던 것 같다. 자유로운 사고와 개성 넘치는 외모, 이에 더해 길거리에 떨어진 쓰레기쯤 신경 쓰지 않는 시크함 혹은 무신경함을 겸비한 프랑스 파리가 자신에게 그런 곳이라 했다.

오래전에 잭 니콜슨이 로맨틱 작가 멜빈 유달을 연기한 〈이보다 더 좋을 순 없다〉란 영화를 보면서 나는 평화를 느꼈다. 다름 아닌 주인공의 태도가 나를 사로잡았다. 강박증 환자인 주인공은 인도에 이어져 있는 선이

끊어지면 더 이상 걸을 수 없고, 비닐장갑을 끼지 않고는 반려견도 만지지 않으며 자신만의 룰에 사로잡혀 살고 있다. 그의 모습에서 나는 기괴함보다는 완벽에 가까운 아름다움을 보았다.

한여름의 더위를 피해 삿포로에서 두 달간 머물 때였다. '완벽한 계획도시'를 목표로 만들어진 이 도시는 드넓은 평지 위에 반듯한 격자 무늬로 도로가 정비되어 있다. 인도는 사람 길과 자전거 길로 나뉘어 있는데, 중앙 통제를 따라 선로 위를 달리는 기차처럼 사람과 자전거는 서로의 영역을 확실히 피해 걷거나 달린다.

자전거를 타기 좋은 환경이라 도착하자마자 우리도 한 대씩 샀다. '좁은' 인도를 사람과 자전거가 함께, 그러나 완벽하게 떨어져서 이용하는 그 아름다운 룰에 나도 자연스럽게 스며들리라 마음을 먹고 페달 위에 발을 올렸다. 은덕이 내 뒤를 졸졸 따랐다. 줄을 맞춰 오면 좋으련만 꼭 어깨 하나쯤 밖으로 삐죽 튀어나와 있다. 마주 오는 사람들은 자신들의 룰을 벗어난 은덕의 행동에 놀라서 우물쭈물한다. 앞서는 나는 "고멘나사이(죄송합니다)"를 연신 외치며 이런 사람과 다녀서 정말 죄송하다고 생각했다. 더 기가 막힌 것은 신호대기를 위해 정차하면 은덕이 어김없이 인도 한복판에, 그러니까 다른 사람들이 피해 다닐 수 없을 정도로 길 한가운데를 가로막고 서 버린다는 점이었다. 멈춰 설 때마다 주의를 주지만 오히려 화를 낸다.

카페에서의 일이다. 각자 테이블 하나씩을 차지하고 일을 하던 도중 직원이 은덕에게 다가와 정중히 양해를 구했다. 이곳은 커피를 마시는 자리이니 컴퓨터로 하는 작업은 저기 앞에 있는 긴 테이블, 당신과 같은 사람들이 일할 수 있도록 '우리가 준비한 자리'로 옮겨서 해 달라는 이야기였다. 그런데 은덕은 이런 작은 부분까지도 룰을 만들어 지키고 있는 사람들의 세상을 완전히 무시했다.

일본 사람들이 가장 동경하는 도시가 프랑스 파리라고 한다. 하지만 그렇게 바라고 바라던 파리로 여행을 다녀온 뒤 마음에 상처를 입고 정신과 치료를 받는 사람들이 있다는 이야기를 들었다. 시크함 혹은 무신경함은 일본인으로서는 받아들일 수 없는 영역인 것일까? 마찬가지로 은덕은 일본의 질서정연함이 그렇게도 곤혹스러웠던 것일까?

　은덕과 2년 동안 세계여행을 하고 깨달은 몇 가지 중 하나는 다시는 은덕과 영화 속 멜빈과 같은 사람들이 사는 도시에는 가지 않겠다는 것이다. 빈틈 없는 룰로 이루어진 이 아름다운 세계를 은덕이 무신경함으로 흩어 놓는 모습을 차마 볼 수 없다.

6. 무질서 성애자

삿포로에서 종민은 평온해 보였다. 그 세계에 녹아들지 못하고 질서를 방해하는 나는 그에게 그야말로 '모난 돌'이었다. 길을 걷다 신호에 멈추는 빈도수만큼 잔소리를 퍼붓는 통에 한동안은 밥을 먹지 않아도 배가 불렀다. 삿포로가 그에게 안온함을 주었다면 안타깝게도 나는 마지막 일본 여행이 될 것 같은 불길함이 들었다.

뒤통수에도 눈이 달려서 뒷사람의 진로에도 신경을 쓰는 사람이 종민이다. 자전거를 타고 연신 뒤를 돌아보며 그들의 진로를 챙기기에 바쁘다. 앞사람은 자기 몫만 다하면 된다. 그러니까 갑자기 멈춰 버린다든가, 방향을

급하게 튼다든가 하는 돌발행동만 하지 않는다면 뒤에 오는 사람은 흐름에 맞춰 자신의 길을 알아서 간다. 오히려 앞사람이 뒤를 신경 쓰는 것이 부자연스럽다.

삿포로는 오르막과 내리막이 없어 자전거를 타고 다니기에 좋다. 인도는 '널찍하고' 인구밀도도 낮아서 도시의 혼잡함과는 거리가 멀다. 질서정연함이 체득되지 않은 나로 인해 도시 전체가 엉망이 될 일은 없다는 의미이다. 뒷사람의 진로는 그 사람의 과제로 남겨 둬도 괜찮다는 의미이기도 하다. 종민이 우물쭈물 다른 사람을 배려하다 이러지도 저러지도 못하고 서로가 길 한복판에서 엉켜 버린 장면을 여러 번 목격했다. 인도의 흐름에 맞추지 못하고 과도하게 상대방을 배려한 탓이다.

일본인의 친절함을 마주할 때마다 겉으로는 웃고 있지만 속으로는 저 사람들이 무슨 생각을 하는 걸까, '죄송하다'와 '감사하다'를 외치는 저 얼굴 뒤로 어떤 마음을 품고 있는 것일까, 궁금해진다. 피렌체처럼 상대방이 이탈리아어를 할 줄 모른다고 인상을 쓰거나, 뉴욕처럼 알아듣거나 말거나 속사포 영어로 떠드는 편이 훨씬 인간적이라는 생각을 하는 사람은 나뿐일까? 종민이 일본을 좋아하는 이유가 일본인의 성향과 자신이 비슷하다고 느끼는 데 있을지 모른다. 길을 걷다 마주치는 낯선 사람에게조차 친절하고 조심성 많은 모습에서 종민은 평온함을 느낄 것이다. 속마음을 드러내지 않고 말하기에 능숙한 사람이니 그럴 만도 하다.

종민과 함께 일본을 처음 방문한 때는 2013년 봄이다. 걱정이 많은 부모님을 안심시켜드리고자 세계여행의 시작인 도쿄를 함께 여행했다. 훗날 종민은 책에서 수원 어머님을 이렇게 표현했다.

(엄마는) 가족에게 늘 양보하고 배려하는 분이셨지만 이곳에서는 달랐다. 두 아들을 키우면서 억세게 변해 버리신 건지 상대방과 부딪히지 않으려고 최대한 노력하는 일본인에게 엄마는 무법자에 가까웠다. ─《한 달에 한 도시: 유럽편》

무법자. 지하철이나 도로에서 일본인들의 진로를 방해하는 엄마가 그렇게 싫었다고 한다. 그때는 미처 몰랐다. 미움의 대상이 어머니에서 나로 바뀔지는. 그 누구도 이 사람의 기준에는 성이 차지 않는다는 것을.

전 세계 70여 개 도시를 종민과 함께 여행했다. 그 많은 도시 중 나는 파리, 뉴욕, 방콕 등 정신 없고 시끄럽지만 활기가 넘치는 장소를 좋아한다. 반면 삿포로, 치앙마이, 에든버러를 좋아하는 종민은 한적하고 질서정연한 여행지가 마음을 끄는 모양이다. 좋아하는 도시마저 우리는 이렇게나 다르다.

7. 수챗구멍에서 콩나물 빼기

우리 집에는 식기세척기에서 그릇들을 꺼내는 데 늘 정교한 메커니즘이 있다. 내가 요리를 하면 아내는 설거지를 맡는다. 하지만 아내는 식기세척기에서 수저 같은 식기도구를 꺼내는 것을 끔찍하게 싫어한다. 따라서 그런 식기도구를 꺼내는 것은 내 일이다. 만약 그릇까지 몽땅 꺼낸다면 아내에게 선물이 되겠지만. 수저 같은 식기도구를 꺼내는 것만 내가 해야 할 의무다. 잘 굴러가는 가정을 보면 이처럼 사소한 광기 어린 행동들이 가득하다.

애너벨 크랩의《아내 가뭄》에 인용된 스티븐 마치의

글이다. 은덕이 물건 자리에 집착하는 것만큼 나는 지저분한 주방을 견디지 못한다. 설거지통에 씻지 않은 그릇이 담겨 있는 꼴도 보기 싫지만 수챗구멍에 음식물쓰레기가 담겨 있는 모습은 정말이지 견디기 힘들다. 식사가 끝나면 곧바로 설거지를 해야 하고 수챗구멍 안의 음식물 찌꺼기도 버려야 한다. 그런 다음에는 주방에서 쓰는 칫솔로 양치를 하듯 거름망과 수챗구멍 구석구석을 닦고 치과에서 치석 제거하듯 틈새에 끼어 있는 찌꺼기를 빼낸다.

반짝반짝 빛나는 수챗구멍을 바라보며 묘한 쾌감을 느낀다. 수챗구멍에 끼어 있는 음식물쓰레기는 조리 후 바로 치우면 그저 갓 벗겨 낸 양파 껍질, 막 잘라 낸 생선 꼬리에 지나지 않는다. 썩을 때까지 치우지 않고 두면 냄새가 나고 미끌미끌 고약스러워지지만 말이다. 유난스러워 보일 수 있겠지만 누구나 지독한 집착 하나에 기대어 살아가는 것 아닌가.

은덕은 물건 정리정돈에만 집착할 뿐 설거지거리가 쌓인 개수대는 안중에도 없다. 요리를 안 하고 살면 늘 깨끗하겠지만 그럴 수 없으니 열심히 치워야 하는데 정리 잘하는 은덕에게 주방은 번외 공간인가 보다. 과일 깎은 칼조차 물에 한번 씻는 게 귀찮아 설거지통에 툭 던져 놓는 은덕의 나태함을 이해할 수 없다. 어느 날은 인터넷 기사 하나를 나에게 읽어 주는데, 사용한 컵을 닦지 않고 개수대 옆에 두기만 하다가 이혼을 당했다는 남자 이야기였다. 그걸 왜 나에게 읽어 주는지. 이런 무신경함은 어떻게 이해해야 할까, 쳇!

세상에서 가장 깨끗한 집은 자기 부모의 집 아닐까? 늘 쓸고 닦고 정리하는 부모님인데 그분들의 뒷모습을 애써 지켜보지 않았기 때문에 그 수고를 모르고 살았다. 사람이 머문 자리에는 반드시 흔적이 남기 마련이다. 오죽하면 치밀한 계획으로 완전범죄를 꿈꿨던 범인들도 범행 현장에 남겨진 작은 흔적 때문에 뒷덜미가 잡히겠는가. 그럼에도 우리는 깨끗한 집에 숨은 가사노동의 수고를 가볍게 생각한다.

은덕의 가사 영역인 정리정돈은 세상의 기준에서 가사의 범주에 쉽게 속하지 않는다. 그저 청소의 일부분이라고 여겨진다. 그렇지 않아도 가사노동이라는 게 티가 잘 안 나는데 그중에서도 평가절하된 영역이랄까. 2주를 함께 생활했던 KBS〈사람과 사람들〉촬영팀마저도 뭔가 치워졌는데 그게 뭔지 모르는 경험을 하고 돌아갔다.

내가 설거지를 하고 수챗구멍을 칫솔로 닦느라 정신이 팔린 사이 은덕은 음식물 쓰레기봉투를 밖에 내놓는다. 내가 청소기를 돌릴 때 은덕은 한쪽으로 밀어 둔 빨랫감을 세탁기에 집어넣고, 책상 위의 책을 책장에 꽂고, 침대 위를 말끔하게 정리한다. 이런 일은 눈에 잘 띄지 않는다. 달그락거리며 설거지를 하고, 윙윙거리며 청소기를 밀고, 달달거리는 세탁기가 멈춘 뒤 빨래를 너는 일, 집안일 중에서도 티가 많이 나는 일이 우리 집에서는 모두 내 몫이다. 우리가 생각하는 가사라는 것이 대체로 이런 시끄럽고 번잡한 이미지와 닿아 있다.

가사 분담은 불평등할 수밖에 없다. 정리되지 않은 물건을 바라보는 나의 관점과 은덕의 기준이 같을 수 없고, 싱크대를 향한 우리 두 사람의 생각이 같지 않다. 결국 누군가 참지 못하는 사람이 가사를 더 할 수밖에 없다. 가사 분담을 질로, 양으로 계산해 봐도 50 대 50이라는 절대량은 나올 수 없다. 그렇다면 누군가 손해 보는 상황을 그냥 바라봐야 하는가? 방법이 아주 없지는 않다. 요리, 쓰레기 버리기, 청소 등을 수행함에 있어서 가족 구성원이 단계별 프로세스를 분담하는 것이다. 예를 들어 야채볶음을 요리하기 위해 A는 야채를 썰고 B는 야채를 볶는다. 식사 후 A가 개수대로 그릇을 옮기면 B가 설거지를 하고 A는 깨끗해진 그릇을 정리한다. 쓰레기 버리기도 마찬가지. A가 열심히 쓰레기봉투를 채운다면 B는 배출일에 맞춰 밖에 내다 버리고 A를 위해 새 쓰레기봉투를 준비한다. 이렇게 나눠 하면 서로의 행위를 인지하는 데 도움이 된다.

또 한 가지. 끊임없이 자신이 어떤 일을 하고 있는지 알려 주는 일도 병행해야 한다. 수챗구멍에 낀 콩나물을 빼내면서 나는 '당신이 하지 않는 이런 일을 내가 하고 있다'고 은덕에게 말하고, 쓰레기봉투를 내다 버리러 가면서 은덕 또한 '쓰레기 버리러 나간다'고 나를 인지시킨다.

구차해 보이는가? 하지만 가사노동과 그 분담이 가정생활에서 얼마나 중요한지 생각해 보라. 집안일 때문에 얼마나 지치는지 떠올려 보라. 오늘도 깨끗한 우리 집은 배우자가 노력하고 있다는 증거다.

8. "내가 해 줄게"와 "내가 할게"

종민과 밀도 높은 소통을 하고 있지만 도무지 이해할 수 없는 구석이 있다. 종민은 너무나도 사소한 문제로 우리의 평온한 일상을 망가뜨리곤 한다. 내가 창문을 열고 옷을 벗고 있거나, 디지털도어록이 잠기는 소리를 듣지 않고 집 밖으로 나선다거나, 외출 준비를 먼저 마치고 밖에 나가 있다거나, 섬유유연제를 넣지 않고 세탁기를 돌린다거나 하면 종민은 이해하기 어려운 수준으로 화를 낸다. 특히 부엌이라는 영역에서 종민의 예민함은 최고치를 찍는다. 그가 부엌에 관해 뭔가 이야기하려 할 때면 미리부터 내 신경이 칼날처럼 날카로워진다. '또

잔소리군.' '저 인간 또 시작이네.' '제발 이제 그만 좀 하라고.'

음식을 만들면 칼을 사용할 수밖에 없다. 식사를 마친 뒤에 그릇과 함께 설거지하면 될 일인데 종민은 사용이 끝나면 바로 칼을 씻어 놓으라고 한다. 요리와 설거지에 많은 시간을 들이지 않고 최소한의 동선으로 움직이고 싶은 나로서는 칼만큼은 바로 씻어야 하는 이유를 모르겠다. 과일 깎은 칼은 그날 중으로 또 사용할 것이니 접시 위에 잘 놓아두면 된다. 샤워를 못 한 칼이 나를 협박할 것도 아닌데! 냉장고 문을 몇 번씩 열고 닫는 것도, 도마를 재료에 따라 여러 차례 씻어야 하는 것도, 하다 못해 세제를 여러 번 짜는 것도 부엌 가사노동의 양을 증가시킨다. 여기에 들이는 시간을 최소화해서 부엌일을 효율적으로 마치는 과업이 내게 늘 따라다닌다. 그러니 다 쓴 칼을 설거지와 별개로 씻어 놓는 행위가 나로선 스트레스로 다가온다.

마찬가지로 끼니 문제는 종민이 도맡기로 했는데, 나는 그가 차린 음식이 맛이 없어서 내 입맛에 맞게 스스로 음식을 만들기 시작했다. 더 깨끗한 설거지, 더 맛있는 음식을 원하는 상대방의 요구가 피곤하다고 여겨질 때쯤 우리는 잔소리를 멈추고 각자가 팔을 걷어붙였다.

남자의 집안일은 '도와준다', '적극적이다'라는, 어디까지나 조력자에 가까운 표현 아래 놓인다. 부부의 모든 일은 '함께해야 하는 일'인데, '맞살림'은 '맞벌이' 개념만큼 분명하진 않다. 그래서 집안일에 조금이라도 적극적인 남자에게는 과한 칭찬이 따라다닌다. "남편이 저렇게 집안일을 도와주니 정말 좋겠어요"라고 말하는 맞벌이 여성들을 볼 때마다 안타깝다. 남편과 임금격차가 없었더라면 집안일은 여성의 일이라는 부채의식이 사라졌을까?《아내 가뭄》에는 '아내의 수입이 가계 전체 수입의 1퍼센트를 차지할 때마다 아내의 가사노동이 하루 17분 줄어든다'는 이야기가 나온다. 육아를 위해 남성과 여성, 둘 중 하나가 직업을 포기해야 할 때면 거의 그 역할은 여성이 맡는다. 남성과 여성의 임금격차 때문이기도 하지만 으레 육아와 집안일은 여성의 것으로 한정시키는 가부장제의 폐습이기도 하다. 바깥으로는 임금격차, 안으로는 가부장제가 여성을 집으로 불러들이는 데 '성공'하였다고 해도 그것이 남성은 집안일과 육아에서

열외라는 의미는 아닐 것이다.

　스무 살 때, '여성영화인모임'이라는 곳에서 일한 적
이 있다. 《반쪽이의 육아일기》를 쓴 최정현 시사만화가
의 파트너인 변재란 선생님(영화평론가)이 이 단체의 일
원이었다. 《반쪽이의 육아일기》는 1992년 여성신문사
에서 출간된 만화로 육아의 실제를 유쾌하게 다뤘다. 바
깥에서 일하는 엄마, 아이를 키우며 집안일 하는 아빠라
는, 당시 사회 분위기로는 파격적인 내용이었는데 운 좋
게도 나는 '바깥일' 하는 변 선생님을 유심히 관찰할 기
회를 가질 수 있었다.

　갓 스물을 넘긴 나이에, 예민한 젠더 감수성의 소유자
도 아니었지만 내 엄마와는 다른 삶을 살고 있는 선생님
의 모습이 한국 사회에서 특별한 자리를 차지하고 있음
을 눈치챌 수 있었다. 언젠가는 선생님께 "정말 좋으시
겠어요. 멋진 남편을 두셨으니까요"라고 말한 기억이 난
다. 아이러니하게 지금 내가 다수의 여성에게 종종 듣는
멘트가 그 당시 내 입에서 나왔다. 그때 선생님이 들려
주신 답변이 선명히 기억난다. "에이, 만화가 다예요. 딱

거기까지만 해요." 이 말이 무슨 의미였는지 그때는 잘 몰랐다. 더는 물어보지 못하고 바보같이 "그래도 좋으시잖아요. 그게 어디예요"라고 얼버무렸다. 정말이지 그게 어딘데요.

건네 오는 말과 건네주는 말이 20년 전이나 지금이나 다를 바 없다는 사실이 씁쓸하다. 몇 가지 확실한 분업을 제외하고는 기타 등등 자질구레한 집안일은 모두 내가 맡는다. 작업실 겸 숙소인 집의 특성상 정리정돈은 그야말로 실시간으로 이루어져야 한다. 물건들 각자가 제자리를 잃을 때 일을 하고 싶은 욕구는 어디에도 생기지 않는다. 우리가 카페에 가는 이유를 생각해 보면 쉽다. '책상 위에 아무것도 없음'이야말로 심신의 평화를 가져다준다. 늘 카페의 테이블처럼 아무것도 없음을 유지할 것, 언제라도 집에 들어오고 싶은 마음이 들게 할 것. 내가 정리정돈과 심플한 삶의 방식을 고수하는 이유다.

정리정돈에는 쓰레기 분리배출은 물론 옷 정리, 침구 정리, 주방가재 정리 등 온갖 정리투성이가 포함된다. 세제, 치약, 쓰레기봉투 등 여분이 없으면 곤혹스러운 물품을 챙겨 놓는 일도 나의 몫이다. 가끔 이런 것들을 하나도 신경 쓰지 않고도 살 수 있는 무신경의 유전자를 타고났으면 좋겠다는 생각도 해 본다. 독립생활자로 살면서 겪은 노하우와 엄마의 살림살이를 보면서 체득한 습관으로, 집안의 부족함은 주로 내가 채우고 있으니 말이다. 그리하여 변 선생님의 '딱 거기까지만 한다'는 말이 이제 와서 너무 잘 와닿는 것이다.

남성은 여성의 관리하에서 어쩌다 한번씩 하는 이벤트 요리와 청소 대신 주체적으로 집안일을 할 수 있는 존재이다. 부부 중 한 사람이라도 '나는 집안일을 도와주는 존재'라고 생각한다면 가부장제의 틀에서 벗어날 수 없다. 혹 서로가 집안일에 적극적으로 참여하고 있다고 생각한다면 가재도구의 위치나 조미료의 종류에 대해 퀴즈를 내 보자. 실제로 우리 부부도 가사 분담률 조정이 필요할 때 상대방에게 이런 퀴즈부터 내면서 상의를 시작한다.

은덕: "우리가 쓰고 있는 조미료의 종류를 말해 봐."

종민: "소금, 간장, 후추, 고춧가루, 식용유, 식초, 참기름, 또 뭐더라?"

은덕: "하나가 빠졌잖아. 거 봐. 요즘에는 내가 더 요리를 많이 한다니까."

종민: "우리 집 프린터에 잉크 색이 총 몇 개이며 지금 어떤 색이 바닥을 보이는지 말해 봐."

은덕: "잉크색은 네 개? 다섯 개였나?"

종민: "빨강, 노랑, 검정, 파랑이라고. 게다가 검은색은 지금 리필이 필요한 시점이야."

이런 간단한 질문이 살림살이에 대한 인지 상태를 분명하게 드러내 준다.

"내가 해 줄게"와 "내가 할게" 사이에는 엄청난 간극이 있다. "이건 내가 해 주겠다"며 큰 인심을 쓰듯 말하는 말투에서 뭔지 모를 찜찜함을 느낀다. 집안일을 하는 주체를 미리 상정하고 조력자로서의 역할로 자신을 한정시키겠다는 의미를 담고 있기 때문이다. 맞살림을 한다고 여긴다면 "내가 할게"가 적절한 표현이다.

윤태호 만화가의 〈미생〉에서 '선영 차장'은 일과 육아 그리고 가정살림까지 도맡아 하는 수많은 여성들의 현실을 대변했다. 집안일을 잘 돕겠다는 남편의 말에 선영 차장은 "도와주지 말고 마땅히 하란 말이야"라고 응수하는데 이토록 당연한 말에 우리는 박수를 치고 열광한다. 이제까지 이와 같은 말을 해 본 적이 없기에 말이다.

집안일에 조금 더 생색내고 더 많은 것을 요구하기를 바란다. '맞살림'이라는 말이 '맞벌이'처럼 더 많이 쓰이기를 바라며, "내가 해 줄게" 대신 "내가 할게"라는 말을 원한다.

9. 아버지의 뒷모습

내 기억 속에서 가장 먼저 떠오르는 아버지의 등은 주말 아침 주방에 서 계실 때의 모습이다. 아버지는 어깨를 들썩이며 서툰 칼질로 두부를 썰고 양파를 다듬어 된장찌개를 끓이거나 볶음밥을 만드셨고 우리 식구는 그 음식으로 주말 아침을 맞이했다. 모든 집이 주말 아침을 그렇게 맞이한다고 생각했는데 나와 같은 추억을 가진 이가 드물다는 사실을 커서야 알게 됐다. 은덕의 집만 해도 주방에 있는 아버지의 모습이 낯설다고 한다.

감각기관을 통해 받아들인 정보가 거울에 투영되듯이 인간의 뇌는 타인의 행동과 감정까지 내가 실제 그렇게 하고 있는 것처럼 느낀다고 한다. 이 기능을 담당하는 부위를 '거울신경(Mirror Neuron)'이라고 부른다. 드라마나 영화를 보면서 주인공의 감정에 몰입해 함께 울고 웃거나 스포츠 경기를 시청하면서 승리에 환호하고 패배에 낙담하는 것은 거울신경의 작동으로 마치 자신이 그 행동을 하는 것처럼 느끼기 때문이다. 사람은 유아기에 이 신경세포를 통해 거울처럼 상대방의 표정을 복사하며 감정을 표현하는 방법을 익힌다.

감정조차 누군가를 따라 하는 게 사람인데, 아이들 입장에서는 가정의 권력자인 엄마 아빠가 실천하는 집안 규칙과 역할이 평생의 가이드가 되지 않을까? 어린 시절 아버지 모습 덕분에 나는 싱크대 앞에 서서 요리하고 설거지하는 게 어색하지 않게 되었고, 반대로 아버지의 권위와 늘 부딪쳤던 은덕은 누군가 명령하듯 말하면 강한 거부 반응을 보인다. 우리 각자가 지니고 있는 부모의 거울이다.

부모의 보호 아래서 사는 동안에는 고민 없이 엄마 아빠가 정한 규칙에 따라 살면 된다. 재활용 분리배출은 아빠가 하고, 음식물쓰레기는 엄마가 버리는 사소한 모습에서부터 아이들은 성역할을 배운다.

　의도하지 않았겠지만, 부모님은 나에게 성역할에 있어 유연함을 선물해 줬다. 은덕과 내가 가정을 꾸리며 일반적인 성역할에서 조금은 벗어날 수 있었던 데는 아버지의 뒷모습이 일정 부분 영향을 주지 않았을까? 아버지를 따라 하다 보니 지금의 내가 된 것이 아닐까?

10. 나의 부모님

나의 아버지는 한평생 딸만 둘인 게 아쉬웠는지 아들의 부재를 어머니의 탓으로 돌리곤 했다. 엄마는 아들 못 낳은 게 자기 책임이라도 되는 듯 묵묵히 그 소리를 또 받아 내었다. 어린 나이에 본 그 풍경은 참으로 이상했다. 아이가 둘이나 있음에도 부족함을 토로하는 아버지나 그 말에 고개 숙이는 엄마의 태도 모두 말이다. 나는 '엄마딸'보다는 '아빠딸'에 가까웠고, 투박하고 예스럽긴 했지만 나를 자신만의 방식으로 아꼈음에도 불구하고 아빠는 사내아이를 원했다. 여자란 존재는 마치 불행의 씨앗을 안고 태어난다는 듯 여자라는 이유로 부모에게

조차 환영받지 못한 채 살아가는 시대를 넘어왔다. 남녀가 생물학적 차이 말고 사회적인 의미로 차별을 당할 수도 있음을 일찌감치 인지했다.

딸만 둘인 현실이 불평이 되고 죄스러움이 되는 가정환경보다 더 중요할지 모르는 사실은 부모님이 맞벌이를 했지만 집에 와서 밥을 차리는 사람은 엄마였고, 청소를 하는 사람도 엄마였고, 아이를 학교에 보내는 사람도 엄마였고, 쓰레기를 버리는 사람도 엄마였고, 제사 음식을 만드는 사람도 엄마였다는 것이다. 그리고 내가 엄마가 부당한 처우를 받고 있다고는 미처 생각지 못했다는 사실이다. 나는 다른 집 엄마도 이 많은 일들을 해치우고 있다고 의심치 않았다.

설상가상으로 엄마는 아빠보다 생존 본능이 더 발달한 사람이었고 실질적인 가장의 역할을 짊어졌다. 산업 사회가 정해 놓은 성역할의 기준, 즉 남자는 밖에서 돈을 벌고 여자는 집에서 가사와 육아를 맡는다는 규범에도 맞지 않았다. 사회와 가정, 모두를 망라해서 남녀의 구분이 따로 없음을 도리어 내 부모를 통해 알게 되었다. 내겐 남자가 벌어 오는 돈으로 살림을 꾸린다든가 자녀를 낳아 불타는 교육열로 헌신하는 것 이상으로 생존을 위한 자립이 먼저였다.

때때로 내 삶에서 부모님이 어떤 역할을 했는지 곰곰이 생각한다. 스테퍼니 스탈(〈빨래하는 페미니즘〉의 저자)의 아버지는 청소년기의 딸이 야한 비디오를 보고 있는 모습을 목격하고 '야한 비디오는 여성을 대상화하기 때문에 보지 않는 게 좋다'는 식의 조언을 할 줄 아는 사람이다. 그는 외과의사이자 일상 속에서 만연한 여성의 대상화를 고찰할 수 있는 보기 드문 지성인이다. 작가의 어머니는 가정과 일의 균형을 맞추려 애를 쓰는 사람이 아니라 죄책감 없이 일을 선택한 대학교수다. 가족 안에서 여성이 하는 노동을 당연하게 여기고 사회의 재생산을 위해 가정에만 헌신한 어머니를 만나 본 적 없는 작가의 우아한 가정환경이 부럽기도 하다.

내 부모님은 배움이라고는 받아 본 적이 없는 노동계급이다. 먹고사느라 바빠 자식들 교육에 신경을 쓸 겨를이 없었고, 자신보다 나은 계급을 물려주고 싶다는 생각도 해 보지 못했을 것이다. 중산계층이 자녀교육을 통해 계급을 유지하려고 발버둥 칠 때 나의 부모은 '어떻게

든 자기 먹을 것은 챙기겠지'라고 생각하셨던 것 같다.

이런 필연적인 무관심 덕분에 나는 학창 시절, 학교 밖 다른 세상을 충분히 즐겼다. 덕분에 틀에 박힌 가부장제에서 벗어나 종민과 새로운 결혼생활을 꾸릴 수 있었고, '한 달에 한 도시' 여행법으로 세계여행의 꿈을 이룰 수 있었고, 도시에서도 적게 벌고 아껴 쓰며 행복할 수 있으리라 믿으며 오늘을 살고 있다. 부모님이 아무것도 해 주지 않기에 스스로 생각하고 결정하는 바들을 실천하고 있는 셈이다.

지금 삶에 만족하며 사는 건 아이러니하게도 내게 모든 선택권을 넘겨준 엄마 덕분이다.

11. 남자의 신혼여행

신혼여행 이야기를 꺼내려니, 벌써 우리 두 사람이 결혼한 지 시간이 꽤 지났음을 실감하게 된다. 결혼하면서 사람들은 행복한 가정을 꿈꾸지만 당연하게도 결혼생활이 늘 행복할 수는 없다. '대체로' 행복할 수 있다면, '그런대로' 괜찮은 결혼생활일 것이다.

나의 경우, 우리 두 사람에게 이혼의 순간이 찾아올 수 있음을 염두하며 산다. 솔직한 마음이다. 가슴 깊은 곳에 자리한 이런 생각은 신혼여행 첫날에 시작되었다.

우리의 첫 신혼여행지는 홍콩이었다(우리는 신혼여행으로 14일 동안 홍콩, 이스탄불, 안탈리아, 런던을 여행했다). 홍콩

여행에서는 무얼 준비해야 할까? 겨우 사흘 머무는 곳을 대하는 나의 마음은 이랬다. 중국어를 할 줄 알고 호텔도 정해 놓았으니 공항에 도착해 호텔만 잘 찾으면 되겠다, 딱 거기까지였다. 맛집을 따로 알아볼 필요도 없어 보였다. 완차이 골목을 따라 걷다가 식당에 들어가 현지인들과 함께 식사를 하거나, 그도 아니면 케네디타운에 가서 동네 주민들에게 단골집을 물어 들어가면 되었다. 여행 준비라는 게 꼭 필요한가 싶을 정도로 걱정이 없었다. 그 짧은 기간 동안 얼마나 많은 곳을 볼 수 있을 것이며, 준비하면 할수록 욕심만 커져서 시간에 쫓길 뿐이니, 즉흥적으로 만나는 우연의 발견을 즐기면 되겠다는 마음으로 신혼여행을 떠났다.

　나에게는 충분히 만족스러운 하루였다. 낯선 동네에서 길을 헤매기도 했지만 오래지 않아 숙소를 찾았다. 작은 시행착오는 오히려 추억이 될 수도 있으리라 생각했다. 미로 같은 골목길을 헤매며 여행 감각이 되살아나서 좋았다.

　문제는 은덕이었다. 최악이라고 하면서 숙소에 돌아와 울음을 터트렸다. 뭐가 잘못된 것일까? 출발 전에 이미 이런 여행을 할 거라고 이야기했는데 어디에서 심기가 뒤틀렸을까? 진정시킨 뒤 물어보니 자기가 생각했던 여행은 이런 게 아니며, 아무것도 준비하지 않고서 어떻게 당신만 믿고 따라오라고 할 수 있느냐는 것이다.

은덕과 여행 성향이 달라도 너무 다름을 알게 되었다. 은덕에게는 매사 즉흥적인 나의 여행 방식이 최악이었던 것이다. 그날 밤, 은덕이 원하는 바를 확인하고 여행 계획을 다시 세웠으니 망정이지 이혼까지는 아니더라도 따로 여행하다 돌아갈 뻔했다.

이혼은 언제라도 서로가 가고자 하는 방향이 다를 수 있다는 생각의 실체이다. 우리의 신혼여행처럼, 서로 원하는 바가 달라도 너무 다르다면, 서로 다른 길을 걸어야 하는 지점에 이르게 될 것이다. 그전까지는 끊임없이 서로를 붙들고 떨어지지 않으려 노력해야 할 테지만, 서로 방향이 다름을 재빠르게 눈치채는 민첩함도 필요하다. 더 노력하다 어쩔 수 없는 지점에 다다른다면 그때는 마음을 비우고 서로의 손을 놓을 수밖에 없으리라. 이것이 내가 신혼여행에서 얻은 교훈이다.

12. 여자의 신혼여행

순한 양의 탈을 썼던 종민이 신혼여행지였던 홍콩에서 가면을 집어던졌다. 어떻게 그 성질머리를 숨기고 용케 결혼까지 했을까 싶을 정도로 나로서는 본 적 없는 모습을 목도해야 했다.

가이드북도 블로그도 볼 필요가 없다며 '나만 믿으라'는 종민과 함께 설렘 가득 여행을 기대한 터였다. 도대체 뭘 준비한 건지. 공항에서 내려 숙소로 가는 방법도 몰라 헤매는 종민을 보노라니 이제껏 느껴 보지 못한 분노가 치밀어 올랐다. 사태의 심각성을 모르는 듯 종민은 "이 또한 여행이 아니겠냐"며 허허실실댔다.

친구들 혹은 식구들과의 여행에서 누가 시키지 않아도 자진해서 즐겁게 여행 계획을 짜는 부류가 있는데, 내가 그렇다. 종민은 이런 즐거움도 빼앗아 가더니 여행은 원래 사서 고생하는 재미라며 급기야 아무것도 준비하지 못한 자신의 태만함을 합리화하려 했다.

"여기 와서 맛있게 먹은 음식이 하나도 없어. 굶어 죽지 않은 게 다행이야. 그냥 패키지 휴양지나 갈걸, 괜히 배낭여행 와서 고생은 고생대로 하고 돈은 돈대로 쓰고. 홍콩 데려다준다더니 여기가 부산이랑 뭐가 달라."

따다다다닥. 숙소에 드러누워 엉엉 울며 신혼여행을 망친 종민을 원망했다. 한편으로는 남은 여정이라도 잘 부탁한다는 무언의 압력을 보냈다. 하지만 종민은 예상과는 달리 뜻밖의 말을 내뱉었다.

"난 싫어."

명절, 징검다리 연휴, 연차를 긁어모아 겨우 떠나온 여행인데, 평범한 직장인이었던 나도 남들과 별반 다르지 않았다. 시간과 돈을 들여 나온 귀중한 신혼여행이니 누군가가 블로그에 올려놓은 코스와 맛집을 찾아다니면서 시행착오를 줄여야 했다. 그동안 내가 다닌 여행은 그랬다. 그저 남들만큼만 누리고 오는 여행을 원했을 뿐이다.

이동집약적으로 돌아다니며 여행지 인증샷 찍기는 효과적으로 여행을 포장하는 방법이다. 힘들게 떠나온 시간을 보상받기 위해서는 부지런히 많은 곳을 다녀왔다는 증거가 필요하다. 공원에 앉아 여유롭게 책을 읽거나 점심을 먹는 현지인들의 일상 옆에 머물 여유가 없다. 이런 내게 종민과 함께 떠난 홍콩은 너무나 가혹했다. 우연이 빚어낸 여행의 기쁨을 그저 즐기라 굽쇼?

종민은 블로그나 가이드북을 따르며 바삐 움직이는 여행자가 되기 싫다고 했다. 정색하는 그 얼굴은 내가 알고 지낸 그이의 얼굴이 아니다. 평소 다정하고 배려심 많은 성격은 온데간데없어지고 당장이라도 짐 싸서 서울로 돌아갈 채비를 마친 비장한 표정이었다. 신혼여행지에서 갈라섰다는 사람들 이야기를 들은 적이 있었는데 그게 내 사연이 되지 말라는 법이 없었다.

다행인지 불행인지 그날 종민이 자신의 감정을 있는 그대로 표출한 뒤에도 우리의 여정은 무탈하게 진행되었다. 나로서는 연애할 때 화가 나도 꾹 참고 견디는 종민이 내심 불편하고 답답했는데 그렇게라도 감정을 드러내 주니 이제서야 뭐라도 함께해 볼 만한 기분이 났다. 내가 너무 변태일까?

신혼여행을 다녀오고 1년 뒤, '한 달에 한 도시' 콘셉트로 세계를 돌며 종민의 방식대로 여행했다. 관광지 방문을 기념하거나 블로그 맛집을 찾아다니는 여행이 아니라 현지인의 삶으로 들어가 보는 여행이었다. 아마 홍콩에서의 시행착오가 없었다면 이런 여행은 시도조차 못했을 것이다.

최악의 여행지였던 홍콩을 떠올리며 종민에게 물었다. "우리 다시 홍콩 갈래?" 아직도 앙금이 남아 있는지 "아니"라는 대답이 짧게 돌아왔다. 하지만 나는 다시 한 번 신혼여행을 떠나고 싶다. 그때라면 아무리 짧은 시간이 주어졌다 한들 남들이 하는 여행을 따라 하지 못했다고 징징거리는 일은 없을 테니까.

3장

당신에게
듣고 싶지
않은 말

1. "넌 늘 이런 식이야"

성인 두 사람이 함께 사는 일상에는 가끔 강철 검이 부 딪치는 듯 불꽃이 튄다. 남녀가 만나도 그렇고, 동성 커 플이나 친구라도 마찬가지이다. 여기서 내가 말하는 불 꽃은 주도권 싸움에 가깝다.

머리가 굵어진 만큼 자신의 의지대로 살고 싶은 고집 도 늘기 마련이라 친구끼리 여행 가서 싸우고, 룸메이트 와 마음이 맞지 않아 짐을 싸기도 한다. 부부는 어떻겠는 가. 함께 살다 보면 불가피하게 권력 구도가 형성되는데, 우리처럼 일까지 함께하는 관계에서는 고충이 더하다.

우리는 부부이면서 함께 일하는 동료이다. 업무 스타

일이 서로 달라 신경전을 벌이느라 많은 시간을 할애한다. 나로 말하자면 다른 사람은 상상할 수 없는 사소한 부분까지 걱정하면서 일하는 스타일이다. 좀 지나치다 싶을 정도까지 고민하는 경우가 잦아서 함께 일하기 답답한 타입이랄까.

내가 변수를 고려하고 위험을 계산하는 사이, 은덕은 본능과 직관을 앞세워 결정을 내린다. 간혹 내 의견을 기다리지 않고 은덕 혼자 결정을 내리면 무시당하는 기분에 휩싸이기도 하지만 대체로 은덕의 판단이 옳아서 존중하고 따르게 된다.

부부가 함께 일하면서 겪는 또 다른 어려움은 업무 책임을 나눠야 하는 데 있다. 예상치 못한 변수 앞에서 은덕은 여지없이 뒤로 숨어 버린다. 은덕은 일을 할 때 완성도보다는 일정 맞추기에 집중하는 성향이라 내가 보기에 성이 안 차는 결과물을 '다했다' 내놓고는 자기는 뒤로 쏙 빠져 버린다. 마치 감당 못 할 일을 저질러 놓고 문 뒤로 숨는 아이 같아서 귀엽다가도 늦은 밤까지 나 홀로 작업실에 앉아 마무리를 하다 보면 세상에 이런 원수가 또 없다. 업무 파트너보다 부부관계가 우선이니 동료가 마음에 안 든다고 직장을 옮기거나 큰 실수를 했다고 책임을 물어 해고할 수도 없는 노릇이라 더욱 답답하다. 오래된 영화의 제목을 빌어 표현하자면 '적과의 동침'이랄까.

뒤치다꺼리를 하다 보면 내가 갑을관계의 하위에 놓인 것은 아닌가 의심하게 된다. 은덕이 해결 못 하는 문제를 처리하기 위해 결혼한 것인지 묻게 된다. 이럴 때마다 은덕을 향해 쉴 틈 없이 잔소리와 힐난을 해 댄다. "말 좀 하자니까"부터 시작해서 지금 너의 행동, 어제 너의 행동, 지난번 너의 행동 운운하며 백만 년 전의 일까지 들춰낸다. 감정에 휩싸여 '아무말 대잔치'가 펼쳐지는 것이다. 말이 쌓여 갈수록 해묵은 감정이 올라오고 우리 사이는 원수보다 못한 관계로 변질된다.

"너는 항상 이런 식이야. 내 기분은 안중에도 없고 자기 하고 싶은 대로만 하지. 지난번에도 삼겹살 먹고 싶다는데 너 먹고 싶은 것만 사고 내 건 사 주지 않았잖아. 나를 무시하는 거지."

"잠깐만, 지금은 이 문제에 대해서만 이야기하자고. 아무 상관도 없는 일을 왜 들추는 건데! 그만 좀 해."

"나에 대한 존중과 배려를 전혀 찾아볼 수 없다는 점에서 상관있는 얘기야!"

내가 하는 행동이 너무 지질해서 나로서도 안타깝지만 다른 방법이 생각나지 않는다. 은덕은 자신이 무얼 잘못했는지 고민도 않은 채 "그만하자"며 상황을 종료하려 한다. 이게 어디 쉽게 끝날 상황인가. 더군다나 나는 아직 화가 안 풀렸는데 화를 나게 한 당사자가 그만하자고 하니 더 화가 난다. 그 상황이 계속되면 은덕은 견디지 못하고 울어 버리는데, 이쯤 되면 나도 더는 어쩔 수 없어서 화를 풀지 못한 채 은덕을 꼭 안아 준다.

평등한 관계라고 하지만 결국 누군가는 그 양팔 저울의 긴장을 풀어 버릴 수밖에 없는 것 아닐까? 완벽한 평등이 과연 가능할까? 누군가 관계의 하위에 설 수밖에 없다면 상위와 하위의 간격을 최대한 줄이는 노력이 간절하다. 누가 봐도 확연한 차이가 아니라 스스로도 간격을 느끼지 못할 만큼 다가서려는 노력이 평등과 가장 가까운 곳으로 우리를 데려다줄 것이다. 그게 아니더라도 사랑하는 사람과 주도권 싸움을 해 봐야 남는 게 무어겠는가. 그 알량한 권력 뭐에 써먹으려고!

2. "남들만큼은 먹고살아야지"

방송에 출연한 이후로 우리를 알아보는 분들이 부쩍 늘었다. 2017년 3월에 방영된 KBS〈사람과 사람들〉'이렇게 살아도 괜찮을까?'편에는 지지리도 궁상을 떠는 우리의 일거수일투족이 고스란히 담겼다. 글만 쓰며 사는 우리에게 정부는 '차상위 계층' 자격을 쥐여 줬고 두 사람의 소득이 연봉 1,200만 원인 해도 있었다. 이런 우리의 민낯에서 소득과 소유에 관한 새로운 자극을 얻은 사람이 많은지 시청률도 잘 나왔고, 강연 요청도 제법 들어온다.

　"방송에 나온 분들이죠?" 운을 떼며 사람들이 다가올

때마다 다음에 이어질 말을 유심히 기다려 본다. "웃는 모습이 참 예뻐요", "행복하게 사네요", "젊은데 사는 모습이 기특해요", "한번뿐인 인생, 즐겁게 사네요"라고 칭찬해 주는 분들이 대부분이다. '노후는 어떻게 하려고 그리 사냐'고 다그치는 분은 만난 적이 없다.

요새 나는 별난 취미 하나가 생겼는데 SNS에 흔한 설문조사들, "당신의 삶의 만족도는?", "당신의 우울증 점수는?", "당신의 행복지수는?" 등 삶을 객관화하고 표준화하는 물음에 꼬박꼬박 답을 달고 다니는 것이다. "당신은 행복하다고 느끼십니까?"라는 항목에 자신 있게 "YES"를 표시하고 싶기 때문이다. '그럼 그럼 아무렴. 내가 물질은 부족해도 행복지수만큼은 높은 사람이지'라고.

우리는 행복을 손에 쥐고 싶어 한다. 행복만 찾으면 근심 걱정이 사라지리라 의심치 않는다. 그럴수록 행복과 행복해질 수 있다는 믿음 사이는 점점 벌어진다. 그 간극을 좁히기 위해 사람들은 안타까울 정도로 노력한다. 나는 행복처럼 희소하고 손에 잡히지 않는 것을 찾아 나설 바에는 현재의 상태에 만족하는 '자족의 길'을 가겠다고 일찌감치 결심했다.

며칠 전 세무서로부터 우편물을 받았다. 내용물에는 이렇게 쓰여 있었다. "귀하의 가구는 근로장려금 신청요건 중 일부가 충족되어 안내합니다." 정부가 정한 소득기준에 미치지 못하면 받게 되는 안내문이다. 그러니까 우리 부부의 연간 총소득이 2,500만 원 이하라는 의미이다. 2015년부터 매년 5월이 되면 국세청에서 잊지 않고 보내 주는, 우리에게는 고마운 우편물이다.

나는 정부에 인증까지 받을 정도의 내 가난이 그리 불만스럽지 않다. 그러나 어떤 이에게는 깊은 좌절감과 모멸감을 줄 수도 있을 것이다. 실제로 어느 시인이 세무서로부터 동일한 내용물을 받았다는 글을 SNS에 올려 화제가 된 적이 있다. 시인은 "어쩌다 이 지경이 되었나"라고 자문했다. 한때나마 베스트셀러 작가였던 시인이 평균치 아래의 소득이라는 사실에 많은 사람들이 놀랐는지 이후 언론사에서 시인의 인터뷰가 이어지기도 했다.

언젠가는 부산 서면 골목을 헤매며 끼니를 때울 적당한 메뉴를 찾고 있었다. 그러다 발견한 허름한 실내 포장마차 안에는 이모들 하나하나가 각자의 불판을 가지고 양 곱창을 굽고 있었다. 오롯이 30년간 그 자리를 지키고 있다는 위엄에 이끌려 맛있게 한 끼를 해결했다. 하지만 다 먹고 나서가 문제였다. 현금이 없어 신용카드를 긁었는데 오늘 먹은 고기 값을 나중에 어떻게 마련할지, 결제일까지 준비하지 못하면 무전취식(無錢取食)과 다를 바가 없는데 가난에 신용불량까지 추가되면 어떻게 해야 할지, 온갖 걱정을 하느라 잠도 오지 않았다. 월급이라는 보증수표가 없는 사람의 고민이다.

오늘도 시장에서 수입산 냉동 삼겹살 한 근을 사 왔다. 가난하니 먹을 게 저렴한 고기밖에 없다. 통장에 471원이 남아 있는 삶을 두고 과연 잘 살고 있다고 할 수 있을까?

물질로만 본다면 종민과 나는 가난한 게 맞다. 어떻게 가난과 행복이 양립할 수 있느냐의 문제가 우리 마음속에 떠오른다. 집이 엄청나게 잘살거나 부모로부터 유산을 물려받아 일을 안 하고도 살 수 있다면 모를까, 돈과 직장을 내려놓은 사람에게는 넉넉하지 않은 통장을 바라보는 일로도 두려움이 엄습한다. 일을 멈춰 내가 사는 속도에 브레이크를 걸고 자발적 튕김을 경험해 본 이들이라면 공통적으로 느낄 것이다. 하고 싶은 일을 하며 적게 벌고 적게 소비하는 삶은 단언컨대 웬만한 뚝심이 있지 않고서는 누릴 수 없다.

불안한 마음이 들 땐 서로에게 묻는다. "우리 잘 살고 있는 걸까?" 삶의 질을 결정하는 요소에 물질을 포함시켜야 한다면 우리의 삶은 위태롭다. 매일매일을 돈 때문에 허덕인다.

이런 모습이 방송에도 고스란히 나갔다. 현금이 없어서 한 달가량을 카드로만 연명한 적도 있고 세차 알바라든지 돈가스 판매, 영화제 스태프 일을 나갈 때도 있다. 하지만 궁극적으로는 글쓰기 노동을 통해 적은 수입이라도 꾸준하게 벌자는 마음가짐을 흩뜨리고 싶지 않아 돈 없는 불안감과 불편함을 그대로 감수할 때가 대부분이다. 그럼에도 우리를 알아보신 분들은 행복하게 사는 모습이 좋아 보인다고만 하니, 어려운 현실에서도 기승전 '행복'으로 시청자들의 머릿속에 각인된 모양이다. '풍요로운 물질이 행복을 의미하지 않는다'는 명제를 우리에게서 본 건 아닐까?

실제로도 그렇다. 스스로 행복하다고 생각하니까. 돈

때문에 서로를 헐뜯을 수도, 둘 중 누군가를 등 떠밀 수도 있었지만 그러는 대신 우리는 서로를 꼭 붙들었다. 내게 필요한 사람은 돈을 많이 벌어다 주는 남편이 아니다. 이토록 불확실한 세계에 종민은 유일한 나의 확신의 존재이다.

3. "남자니까, 여자니까"

언뜻 세상은 진보한 듯 보인다. 부모 세대와 비교해 보면 남성의 가사 분담률이 높아졌고 여성의 사회진출도 크게 늘었다. 그러나 OECD 자료를 살펴보면, 우리나라 맞벌이 가정의 남성 가사 분담률은 최하위 수준이고, 여성과 남성의 임금격차는 15년째 압도적 1위이다.

수영장 안에 물을 채우는 것으로 치면 부모 세대의 가정 내 성평등은 바닥이 드러나 있는 수영장과 같다. 수영이 불가능하다는 의미이다. 우리 세대는 발을 담글 수 있을 정도로 물이 찰랑찰랑한 수영장이지만 수영은 물론이고 다이빙이라도 했다가는 바닥에 부딪혀 크게 다치거나 죽고 말 수준이다. 한마디로 갈 길이 멀다.

우리 집 부엌일은 내가 자처했지만 팔을 걷어붙이고 설거지를 하고 있자면 '부엌데기'가 돼 버린 것만 같아 자괴감에 휩싸인다. 흔쾌히 하던 요리도 하기 싫어서 컵라면으로 끼니를 대신하고 싶다. 재활용 분리배출도 귀찮고, 청소도 하기 싫다. 설거지를 하든 청소를 하든 집 안일의 절반은 나의 몫이 당연한데도 가끔씩 억울한 순간이 찾아온다.

내가 왜 이런 고생을 사서 하고 있을까. 은덕과 살면서 내가 메고 가야 하는 삶의 무게가 너무 버겁다. 이런 고민들이 쌓여 피로가 된다. '한남'의 한계일까?

요즘 나는 전전긍긍한다. 노심초사한다. 남자로서 갖는 기득권을 내려놓을 수 있을 줄 알았는데, 남자라서 당연했던 일들을 불편하게 여기게 된 이후부터 말 한 마디, 생각 한 조각조차 무겁다.

2017년 '장미대선' 기간 동안 아버지를 따라 유세에 나섰던 여성이 카메라와 사람들 앞에서 성희롱을 당한 일이 있었다. 가해자가 정신질환자이든 아니든 상관없다. 그의 행동은 힘센 자가 약한 자를 함부로 대할 수 있는 사회를 반영한다. 힘센 자의 위치에 남성인 그가 있었던 것이다.

남자들은 기득권을 기득권으로 인지하지 못한다. 당연한 것은 당연하므로 의문을 품지 않는다. 대한민국의 '보통 남자'들은 그렇지 않다고? 여성 피해자가 존재하는 한 '대한민국 평균의 남성'이라는 개념은 판타지일 뿐이다. 평균(평균이 과연 어느 지점인지도 알 수 없지만) 이하의 남성이 계속 존재하도록 방임한 책임은 사회를 구성하는 우리에게 있다. 대한민국 평균의 남성들이 성범죄자는 아니라는 사실은 여성이 개별적으로 겪는 성추행이나 성폭력의 현실에서는 무기력하다. 피해 여성이 자신의 경험에 따라 모든 남성을 매도한다고 해도 할 말이 없다는 얘기다.

지금 나는 기득권을 내려놓는 연습을 하고 있다. 기득권은 헬륨가스로 가득 찬 거대한 풍선 같다. 풍선이 떠오르지 않으려면 온힘을 다해 끌어내려야 한다. 잠깐이라도 긴장을 풀면 어느새 둥둥 떠올라 다시 '하늘 같은' 남편이 되고 만다.

'먹고살기도 바쁜데 집에서까지 그렇게 피곤하게 살아야 하냐!'

'밖에서 다른 사람들한테 시달렸으니 집에서라도 내가 하고 싶은 대로 좀 하고 살자.'

이렇게 생각하는 사람들에게 되묻고 싶다.

"그럼 당신의 배우자는?"

4. "내가 힘들고 말지"

우리의 결혼생활은 크게 세 시기로 구분할 수 있다. 신혼 1년, 여행 중 2년, 서울에서의 삶 3년. 결혼 1년 차에는 "내가 힘들고 말지" 하며 부당하다고 생각되는 일도 꾹꾹 참으며 화를 내지 않았다. 태평성대처럼 보였던 이 시기가 돌이켜보면 가장 위험하지 않았나 싶다. 참기만 했으니 안으로 곪아 터져도 몰랐고 집이 아닌 바깥에서 스트레스를 푸는 날이 많았다. 싸우고 화해하고 인정하는 과정을 건너뛴 채로 회피하는 시간만 쌓였다.

여행하는 2년 동안은 가정생활이 불가능해 보일 정도로 서로 다른 인격체임을 확인했다. 부부가 낯선 장소에서 함께 24시간을 보내는 일이 얼마나 위험한지도 깨달았다. 한국의 친구에게 전화해 "이 남자랑 도저히 못 살겠어. 돌아가자마자 이혼할 거야"라며 하소연과 울음을 터트렸다. 화를 못 이겨 한국행 비행기를 알아보는 횟수가 잦았다. 그 시기를 겨우 지나고서야 비행기표를 포기할 수 있었다. 그래도 싸움은 끝나지 않았지만.

서울에서의 3년은 일상과 여행의 중간 그 어디에 있었다. 지금도 여름과 겨울은 시원하거나 따뜻한 나라에서 두 달 혹은 석 달씩 머물곤 한다. 1년의 3분의 2는 서울, 나머지는 외국에서 보내는 셈이다. 관계로 말할 것 같으면 서울의 안온함, 외국의 낯섦을 번갈아 맞으며 그 안에서 균형을 찾아가는 중이다. 여행과 일상을 통해 상대방이 싫어하는 행동을 배운 덕분에 지금은 이를 방지하며 서로의 감정을 되돌아볼 줄 안다.

우리는 맞벌이부부의 15년에 상응하는 시간을 함께 보냈다. 실감이 나지 않을 테니 눈에 보이는 수치로 풀어 보자. 먼저 퇴근 후 집에서 부부가 눈을 맞추고 이야기를 나누는 시간은 얼마나 될까? 잠자는 시간 빼고 얼추 네 시간 정도 될 것이다. 어느 한쪽의 야근이 잦다면 이마저도 어려우니 현실을 고려해 세 시간이라고 잡자. 주말에는 경조사에 불려 나가는 일이 태반이라 온전히 둘만의 시간을 갖기가 어렵지만 함께 있다는 데에 의의를 두고, 주말 이틀간 깨어 있는 30시간을 함께 보낸다고 계산하자. 이렇게 하면 맞벌이부부는 일주일에 약 45시간을 공유한다. 1년에 2,300시간을 함께하는 것이다. 우리처럼 한시도 떨어지지 않고 6년이면, 15년 차 맞벌이 부부가 함께한 시간과 비슷한 셈이 된다. 옆 사람의 행동거지 하나하나가 지긋지긋해지는 시간이며, 서른 넘어 결혼해서 쉰을 향해 달려가며 굴곡진 인생역정을 마주하는 시간이기도 하다.

'24시간 함께 지내기'의 초기에 해당하는 세계여행기에 우리는 응축된 시간의 후유증으로 서로를 갉아먹었다. 대한민국 고속성장의 부작용이 속출하듯 매일매일 부딪쳤다. 될 대로 되라는 심정으로 치달았다. 남들보다 더 빨리 서로의 바닥을 보았기에 천천히 서로를 이해할 수 있는 인고의 시간 대신 폭풍처럼 휘몰아치는 격정의 시간이 많았다. 아무리 가까운 친구라 할지라도 여행지에서 한시도 떨어지지 않고 2년을 붙어 있게 되면 중간에 각자의 길로 갈라설 확률이 높다. 혼인관계로 묶이지 않았다면 종민과 나도 진작 한국행 비행기에 따로 올랐을 것이다.

우리는 왜 싸울까. 여행만 했으면 상황은 나았을지도 모른다. 우리는 주로 일을 할 때 다투기 때문이다. 여행 중 첫 책 《한 달에 한 도시: 유럽편》을 집필했다. 아침 10시부터 밤 9시까지 마주 앉은 얼굴이 벌겋게 달아오를 때까지 싸우고 또 싸우면서 작업을 했다. 세상 둘도 없는 친구였다가 하루아침에 남이 될 수 있는 사이가 부부라는 말을 실감했다.

종민은 원고에 등장하는 여행지 사진을 하나하나 살펴보고 정리해 놓아야 글을 완성할 수 있다. 나는 글을 먼저 쓰고 거기에 맞는 괜찮은 사진 한 장을 골라 결과물을 만들어 낸다. 내 뜻대로 하면 시간은 절약할 수 있지만 더 괜찮은 소재나 장면을 놓칠 수 있다. 종민의 뜻대로 하면 빈틈없이 일이 진행되지만 시간 안에 끝내지를 못한다. 우리는 서로의 방식이 맞다고만 주장하기 바빴다. 대체로 이런 싸움은 결론이 없어서 "너는 늘 이 모양이어서 끝을 못 내"와 "이 사진 봐. 여행지에서 이렇게 멋진 순간이 있었는데, 그걸 빼먹고 여행 제대로 했다는 소리 들을 수 있겠어?"만 되풀이되었다.

2년 동안 징글징글하게 싸우면서도 관계를 회복할 수 있었던 이유로 우리는 무엇이 잘못이었는지 끊임없이 파고든 것을 꼽는다. 잘잘못을 따지고 잘못은 개선하며 관계를 호전시킨 것이다. 갈등은 누구 하나가 유별나다고 발생하지 않는다. 갈등을 건강하게 이겨 내려면 대화는 물론이고, 울분을 토하며 자신을 바닥까지 보여 줄 필요도 있다고 생각한다. "그래, 네 잘못은 하나도 없어. 부족한 건 나이니 내가 떠나 줄게." 이런 말로 응답할 상대방은 없을 것이다.

부부 사이에 '내가 힘들고 말지' 하고 자신의 감정을 묵인하거나 원하는 바를 외면하는 일은 수도 없이 일어난다. 타협일 수도 있고, 희생일 수도 있으며, 어쩌면 사랑일 수도 있다. 그러나 최선은 아니다. 건강한 부부는 싸움을 회피하지 않는다. 사소하더라도 마음에 걸리는 일을 이야기하고, 그 와중에 분노와 슬픔이 속절없이 흘러나오더라도, 지금 당신은 상대방을 가능성의 존재로 수용하며 기대를 걸고 있는 것이다. 당신은 최선을 다하고 있다.

5. "잘해 주면 내 손해"

결혼을 앞둔 내게 조언을 해 주겠다며 모인 직장 동료들은 앞다투어 자기 아내들을 성토했다. 아내를 "돼지 같은 여편네"로 부르거나 "세상에서 가장 가까운 적"이라고 규정하던 그날의 결론은 '사랑에 눈이 멀어 상대가 하자는 대로 했다가는 앞으로 종노릇하며 살게 된다'였다. 결혼을 앞둔 나를 위한 제언인지 이혼하는 방법을 고민하는 자신들을 위한 속풀이인지 알 수 없는 노릇이었다. 지금 생각해 보면 그런 사람들과 함께여서 내 사회생활이 그렇게 힘들었나 싶다.

직장 동료들이 말하는 편한 결혼생활은 '주도권 잡기'

로 요약할 수 있었다. 집안일을 도와주면 안 된다, 사고 싶은 물건은 눈치 보지 말고 사라, 내 의견에 토를 달지 못하게 하라는 내용들이었는데, 이런 문제로 얼마나 많은 가정이 수난을 겪을지 쉽게 짐작이 되었다.

신혼 때 가족 규모는 너무 단출해서 너 아니면 나, 답이 정해져 있다. 내가 먹은 그릇을 닦지 않으면 그 일은 배우자 차지가 된다. 일찌감치 큰돈을 벌어 살림을 전담할 사람을 고용한다면 모를까. 그러니까 사랑해서 한평생 함께 살기로 한 배우자에게 "내가 먹은 그릇 좀 닦아라" 시키며 그걸 주도권 싸움이라고 하는 것이다. 결혼 전에는 별도 따다 주겠다, 달도 따다 주겠다, 평생 손에 물 한 방울 묻히지 않게 하겠다, 상대방의 마음을 훔치려고 애걸복걸했을 텐데 이제 와서 주도권 타령이라니.

서로를 사랑하더라도 관계가 삐걱거릴 때가 있다. 나는 가끔이라고 하기엔 조금 빈번한 횟수로 '내가 잘 살고 있는 건가' 의문이 든다. 하지만 함께 살면 살수록 또렷해지는 것도 있다. '남자이기 때문에' '여자이기 때문에'라는 시각으로 서로를 바라보는 한 평등이라는 문제는 해결할 수 없다는 점이다. 여자이기 때문에 집안일을 해야 한다, 남자이기 때문에 주도권을 가져야 한다 등, '때문에'가 들어가는 순간 가정 내 평등은 낄 자리를 잃고 만다.

내가 결혼생활의 평등 어쩌고 저쩌고 하면 사람들은 "아직 신혼이라 그래. 좀 더 살아 보면 내 말 이해할 거다"라고 답한다. 시간의 양으로 따지면 여느 맞벌이부부의 15년을 응축해서 살았는데 말이다.

결혼 전 직장 동료들에게서 들었던 조언을 나는 모두 반대로 실천하고 있다. 우선 은덕은 세상에 둘도 없는 친구이자 한시도 떨어지기 싫은 존재이다. 나는 은덕의 꿈과 삶의 방식을 존중하지만 아직 은덕의 종이 되지는 않았다.

6. "얼마나 화가 났으면"

세상의 끝 칠레 푼타아레나스에서 종민이 나에게 처음으로 폭력을 가했다. 남극과 가장 가까운 지구 최남단의 도시는 최초의 폭력 장소치고는 너무나 비현실적이다. 자세하게 기억나지는 않지만 작은 말다툼이 있었고 종민이 나에게 메고 있던 책가방을 집어던졌다. 그 안에는 노트북과 카메라 등 여행 중 우리가 지녔던 고가품이 모두 들어 있었다. 한번도 본 적 없는 모습에 많이 놀랐고 '어떻게 나한테', '오죽 화가 났으면'이라는 양가적인 감정들로 혼란스러웠다.

　혹자는 물건 던지는 게 무슨 폭력이냐고 한다. 가장

가까운 관계인 부부 사이에 벌어지는 무수히 많은 폭력들의 시작이 '살인'일 리는 없지 않은가. 연애 시절 치고받던 작은 몸싸움이, 휴지뭉치 하나를 집어던지던 작은 습관이 지금의 지옥을 만드는 것이다.

내가 기억하는 그의 두 번째 폭력은 브라질 사우바도르에서였다. 대서양을 항해하며 혹등고래를 만나고 돌아온 날이었다. 거칠다 못해 당장이라도 우리를 집어삼킬 것 같은 파도는 흡사 네 시간 내내 바이킹을 타는 듯한 어지럼증과 구토를 안겨 주었다. 고래 보러 왔다가 사람이 죽겠구나 싶었다. 우리의 피로감은 극에 달했다. 배고프고 예민한 상태로 숙소로 돌아오는 길에 하필 물병마저 잃어버렸다. 버스에 물병을 두고 내린 우리는 서로를 탓하기 바빴다.

급기야 숙소에 도착해서 종민이 내게 젓가락을 집어던졌다. 부모님의 회초리를 제외하고는 폭력을 마주한 적이 없었던 나는 그의 행동이 무얼 의미하는지 생각할 겨를도 없이 사건을 무마하고 말았다. 당시 '얼마나 화가 났으면 저럴까'로 이어진 자아비판이야말로 폭력 사건의 피해자로서 비굴해지지 않기 위한 나의 유일한 방법이었다.

여성학자 정희진은 《아주 친밀한 폭력》에서 이렇게 말한다. "이미 폭력을 견디기로 마음먹은 이상, 아내는 폭력 가정에 머물러 있는 상황을 스스로 설득한다. 아내는 남편이 언젠가는 나아지리라는 학습된 희망으로 폭력 상황을 견딘다." 또 "다른 남편보다는 그래도 내 남편의 폭력 정도의 수위가 낮고 또 그렇게 모질지는 않음을 위안 삼아 가벼운 폭력을 정당화"한다고도 이야기한다. 책을 읽으며 아내 폭력의 피해자들 이야기에서 내 목소리를 발견했다.

"내가 비위를 건드려서 남편이 화가 난 거야. 그러니 나는 맞아도 할 말이 없어. 내가 참으면 되는 건데……."
"그래도 싸우고 나서는 얼마나 잘해 주는지 몰라. 그것 때문에 또 잊고 사는 거지."

이런 세뇌라도 없으면 바닥으로 떨어진 나의 자존감과 비참함은 어떤 방식으로라도 사라지지 않았을 것이다.

종민을 미화하고 싶은 마음은 추호도 없다. 그는 최근

까지 나를 밀치는 폭력을 행사했고 그때마다 반성을 거듭하고 있다. 나는 이제서야 겨우 나 자신을 탓하지 않을 용기를 얻었을 뿐이다.

한번은 말다툼 중에 내가 먼저 종민에게 휴대전화를 집어던져 봤다. 놀라는 기색이 역력했다. 가해자와 피해자의 위치를 전복시켜 폭력이 남자만의 전유물이 아니라는 점을 보여 주고 싶었다. 이 방법이 효과가 있는지 없는지는 좀 더 두고 봐야겠지만 말이다.

사랑받는 소중한 존재에서 폭력을 휘둘러도 마땅한 존재로 전락할 때, 상처받은 마음은 어디서 위로받아야 할까? 만약 종민이 폭력을 또다시 사용하게 된다면 나는 어떤 대처를 해야 할까? 잘못된 행동임을 각성한 바 있지만 같은 행동이 또다시 나오는 걸 그저 우연이라고 치부해야 할까? 부부 사이의 폭력은 그저 한쪽이 눈 감는 것으로 끝내야 할까?

이 부분에 있어서만큼은 끊임없이 떠오르는 질문에 실마리를 찾지 못하겠다. 결혼생활을 포기할 만큼 이 문제를 심각하게 받아들여야 할지, 아니면 강을 거슬러 올라 또다시 해결책을 찾기 위한 출발선에 서야 할지 말이다. 다른 이들은 결혼생활에 있어서 폭력의 문제에 어떻게 대처해 나가는지 궁금하다. 쉬쉬하며 문제를 감추기에 급급하다면 아내 폭력은 '부부관계'에 포함되는 가정사의 일부로 영원히 남게 될 것이다.

4장

사랑을
사랑이게
하는 것

1. 나의 최고의 자아

나의 20대를 '잃어버린 10년'이라고 부르고 싶다. 〈사랑 밖엔 난 몰라〉의 노래 가사처럼 상대방에게 모든 것을 의지하며 바보 같은 연애를 했다. "어제는 울었지만 오늘은 당신 때문에 내일은 행복할 거야. 얼굴도 아니 멋도 아니아니 부드러운 사랑만이 필요했어요." 노래 주인공처럼 사랑만이 전부였던 그때의 나는 무엇이 사랑인지 아닌지도 구별할 줄 몰랐다. 일방적으로 끌려다닌 연애였고 상대방이 원하는 대로 하는 게 사랑이라고 생각했다. 연애 실패로 세상이 무너진 듯 고통스럽게 몸부림을 칠 때만 해도 연애를 망쳤다며 스스로를 탓하기 일쑤였다. 생각해 보면 연애에 실패와 성공이 어디 있겠는가. 또한 연애의 완성이 결혼도 아니다. 다만 함께 있을 때 서로에게 최고의 자아를 끌어내 주느냐가 실패와 성공의 유일한 갈림길이지 않을까?

종민과 연애를 하고 모든 것이 달라졌다. 종민을 만난 것은 서른 살 때였다. 나보다 한 살 연상인 그는 영화제 사무국에서 같이 일하는 동료였다. 종민은 초청팀, 나는 홍보팀에서 근무했는데 당시 그는 여자친구가 있었고 나는 6년을 만난 남자친구와 막 헤어진 참이었다. 몇몇 남자들과 '썸'을 타면서 오랜만에 솔로가 된 자유를 맘껏 누리고 있을 때라 둘 다 서로의 관심 밖에 머물렀다. 그러다 영화제 프로젝트가 끝나고 그사이 솔로가 된 종민과 여전히 솔로였던 내가 연애라는 걸 시작했다. 종민은 나와의 첫 번째 통화에서 '결혼을 한다면 이 사람과 하겠구나'라는 강렬한 감정에 휩싸였다고 한다. 솔직히 나는 '썸'을 타는 여러 사람 중 한 명으로 그와 연애를 시작했다.

그때까지 종민이 어떤 사람인지 몰랐다. 그와 만날 때

면 내가 꽤 근사하고 고상한 사람처럼 느껴진다는 건 확실했다. 그는 나를 작은 상자 안에 가두고 자신의 뜻대로 움직여 주길 강요하지 않았다. 나의 독특했던 청소년기 이야기를 좋아했고 앞으로 어떻게 살고 싶은지 궁금해했다. 나로선 이상한 경험이었다. 이전 남자친구들은 늘 자신이 하는 일이 얼마나 중요한지만 늘어놓을 뿐 나의 이야기를 물어봐 준 적이 없었기 때문이다.

그렇다고 이전 남자친구들이 모두 '개차반'이었던 건 아니다. 친구들의 반응이나 주변 남자들과 비교해 봐도 그들은 보통의 한국 남자였다. 그렇다. 당시 나의 '보통 한국 남자 기준'은 현격히 낮았다.

나를 괜찮은 사람이라고 인정해 준 종민과의 결혼은 어쩌면 당연한 수순이었다. '밀당'에는 도통 재주가 없는 종민은 처음부터 다정한 파트너란 무엇인지 몸소 보여 주었다. 나는 종종 그의 다정함을 의심했다. "당신은 원래 다정한 사람이기 때문에 내가 아닌 다른 여자와 연애할 때도 별반 다르지 않을 거야. 내가 특별해서는 아니잖아." 사랑을 받을 만한 자격이 없는 어리석은 사람임을 은연중에 고백한 것이다. 나 자신이 괜찮은 사람이

어야지 상대방의 거짓 없는 사랑도 받아들일 수 있는 법이다.

우리는 둘 다 비혼주의자였다. 그런 두 사람이 연애를 시작했는데, 알고 보니 결혼하지 않으려는 이유가 같았다. 종민은 공부를 계속하고 싶어 했는데 결혼하면 꿈을 포기해야 한다고 생각했다. 나는 결혼한 친구들을 보며 가족 때문에 내가 없어지는 현실이 두려웠다.

결혼에 관한 생각이 닮았음을 알고 나서는 오히려 이 사람과 결혼하면 다르게 살 수도 있겠다 싶었다. 실제로 종민과 연애하면서 사랑의 가치와 결혼의 의미를 자주 생각했다. 내가 원하는 결혼생활은 사랑의 기반 위에서 평등한 일상이었다. 사랑을 통해, 관계를 통해 건강하게 성장하는 내가 되기를 바랐다. 종민을 통해 이 세상에 그런 관계도 가능하리라는 희망을 보았다.

2. 상대방이 이해할 때까지 기다리기

은덕과 페미니즘 독서모임에 나간 적이 있다. 첫날 진행자 분이 참석 이유를 물었는데 나는 솔직하게 대답했다. 우리 가정에 어떻게 하면 페미니즘을 적용할 수 있을지 고민하기 위해 왔다고. 진심이었다. 하지만 내 기대와 달리 진행자는 단칼에 불가능할 것이라고 답했다. 여성의 권리와 기회의 평등을 위해서는 기존 가정의 형태가 파괴되어야 한다는 뜻이었다.

　자포자기의 심정이 들었다. 페미니즘의 논리대로라면 우리는 함께하면 안 되는 것인가, 여자인 은덕을 위한 세상을 이루려면 내가 떠나야 하는 것인가 싶었다.

이후에 페미니즘 관련 책을 더 읽으면서 독서모임 진행자 분의 시선이 일부의 의견일 뿐, 페미니즘을 대변하는 입장은 아님을 알게 되었다. 또한 평등한 결혼생활을 위해 우리가 실천하고 있는 것들을 크게 두 가지 방법론으로 설명할 수 있음을 알게 되었다. '상대의 방식을 인정하기'와 '상대가 이해할 때까지 기다리기'가 그것이다. 냉큼 와닿지 않을 테니 우리 삶을 좀 더 적어 본다.

종민: "아 쫌! 쓰레기는 제발 다용도실에 두자. 하루 전부터 이렇게 내놓으면 분리배출함은 왜 두고 사는 거야? 여기다 두면 벌레도 생기고 냄새도 난단 말이야!"

은덕: "안 돼. 이건 내 방식이야. 눈에 보여야 버릴 수 있다고. 안 보이는 데 두면 쓰레기의 존재를 잊어버리고 막상 분리배출일이 되면 깜빡하잖아."

종민: "좀 느긋하게 마음먹으면 안 되나? 내가 다용도실에다 옮겨 놓고 내일 시간 맞춰 버릴게. 제발 부탁이다. 나도 좀 생각해 줘."

은덕: "맙소사. 네가 분리배출을 하겠다고? 결혼하고 먼저 나서서 버린 적 없잖아."

핑계를 대자면 기회가 없어서 쓰레기 분리배출을 못 해 봤다. 우리 동네는 일몰 후에 재활용쓰레기를 버려야 하기 때문에 나는 분리배출일이 되면 해가 지기를 벼르고 기다린다. 엄연히 규칙이니까. 그런데 깜빡하는 사이 은덕이 쓰레기를 내다 놓는다. 일찍 내놔야 폐지 모으는 노인들이 수거해서 용돈이라도 버실 수 있다는 논리인데, 같이 살다 보면 쉽게 눈치챌 수 있다. 밀린 숙제를 하듯 어서 빨리 내다 버리고 싶은 마음일 뿐임을.

결혼을 '선택'하면서 독립된 개체로 살아가기로 약속했다. 함께 사는 공간의 룰은 각자의 의견을 존중하여 정하면 될 줄 알았다. 쉽지 않았다. 좌충우돌의 시간을 보내고 나서야 우리가 생각해 낸 방법이 '상대의 방식을 인정하기'다. 분리배출에 있어서는 은덕의 방식을 인정하고 빨래건조에 있어서는 내 방식을 인정하는 식이다.

앞서 밝혔듯, 나는 빨래건조에 신경을 많이 쓴다. 땀을 많이 흘리는 편이라 혹시라도 불쾌한 냄새가 날까 걱정이 많다. 반면 한여름에도 땀을 흘리지 않는 은덕은 내 마음을 이해하지 못한다.

종민: "아직 옷에 바삭함이 없잖아. 이러면 조금만 땀 흘려
도 옷에서 냄새 난다고!"

은덕: "그런 게 어디 있어. 난 평생 이 정도만 말려서 입어도
냄새 한번 안 나더라. 빨래 널려 있으면 정신 사나워.
적당히 말랐으면 빨리 치워야 한단 말이야."

종민: "시간이 남아서 초벌 세탁하고 다시 섬유유연제 넣고
그러는 거 아냐. 냄새에 민감한 내가 이 정도로 수고
를 하면 좀 이해라도 해야지 매번 무시하나? 네가 쓸
데없이 고집부리니까 옷에서 냄새 나서 자주 빨아야
한다고. 매번 이게 뭐야!"

빨래 문제로, 설거지 문제로, 또 분리배출로 부딪치면
서 얻은 두 번째 문제해결 방법이 '상대방이 이해할 때
까지 기다리기'이다. 저항하는 파트너를 힘이나 합리성
에 기대어 억누르지 않고 기다려 주는 완충의 시간을 갖
는 것이다. 다행히 기다리는 데 시간이 오래 걸리지 않
았다. 빨래 문제의 경우, 함께 여름을 몇 번 보내고 나니
내가 왜 이런 집착을 보이는지 은덕도 이해하게 되었다.
그사이 옷에서 나는 냄새가 달라졌고 분리배출함은 현

관 앞에 곱게 자리를 잡았다.

빠른 의사 결정이 중요한 시대에 기다리며 사는 방법이 너무 느리고 비효율적이라고 생각할 수도 있겠다. 하지만 가정의 일은 효율로만 결정할 수 없지 않은가. 빠른 의사 결정은 스타트업 기업처럼 지금 당장의 수익이 차후를 담보하는 조직에서 사용하면 될 일이다. 상명하복식의 전달체계도 마찬가지이다.

부부는 한 집에서 함께 살며 끊임없이 살림의 규칙을 정립해야 하는 사이다. 상대방의 방식이 효율적이거나 합리적이라면 누가 강요하지 않아도 흡수되기 마련이다. 그러므로 한평생 각자의 방식으로 살던 두 사람이 하나의 가정을 만들 때 필요한 요건은 기다림이다. 내 방식이 절대 옳은 것도 아니고, 상대방의 방식이 완벽하지도 않다. 만약 그렇다 하더라도 두 사람이 만들어 가는 세상에서는 두 사람이 함께 기다려야 한다. 빠르지 않아도 되는 곳, 그게 집이면 얼마나 좋을까.

3. 타인의 이야기 들려주기

내가 아닌 타인의 이야기를 들려주는 것도 상대방을 설득하는 방법 중 하나다. 부부 사이는 너무나 가까워서 상대방의 이야기를 귀 담아 들으려 하지 않는다. 상대방에 대한 선입견만큼 대화를 차단하는 무서운 도구도 없다. 말을 하기도 전에 잘라 버리기 일쑤다. 그럴 때는 제삼자 이야기나 책에서 읽은 주제를 꺼내 볼 수 있다. 짧은 에세이를 들려주고 어떻게 생각하는지 상대방의 의견을 묻는다. 우리는 요즘 페미니즘 책 이야기를 자주 나누는데, 덕분에 종민은 내 행동의 기저에 어떤 생각이 깔려 있는지 알게 되었다고 한다.

얼마 전, 싱크대 옆에 컵을 놓아서 아내가 떠났다는 내용의 칼럼을 읽었다. '아니, 그게 무슨 이혼거리가 되냐'고 코웃음을 치거나 '그 여자 인내심이 부족하군'이라며 남자를 측은지심으로 바라볼 수 있다. 나 또한 작가의 글이 웃겼지만 동시에 종민이 화를 내는 부분과 겹쳐서 글의 말미에 가서는 '아차!' 싶었다.

컵을 싱크대 옆에 놔두는 주인공의 버릇은 사용한 칼을 씻지 않는 나의 태도와 흡사하다. 바로 어제만 해도 비슷한 일이 있었는데…….

가끔 나는 컵을 부엌 싱크대 옆에 놔둔다. 식기세척기 바로 앞이다. 지금 내게 이건 큰일이 아니다. 내가 결혼했을 때도 큰일이 아니었다. 하지만 아내에겐 큰일이었다. 부엌에 들어갔다가 싱크대 옆에 컵이 있는 것을 발견할 때마다 그녀는 점점 더 나와의 별거, 결혼의 종지부에 가까워졌다. 그때 내가 몰랐던 것뿐이었다.

– 매튜 프레이, '컵을 싱크대 옆에 놔둬서 아내에게 이혼당했다', 〈허핑턴포스트〉

멍청이가 아닌 다음에야 내가 어떤 행동을 하면 상대방이 화를 낸다는 것쯤은 알 수 있다. 종민과 나 사이에 싸움이 반복되는 과정은 이렇다. 첫째, 상대방이 싫어하는 줄 알고 있으나 나 편한 대로 행동한다. 상대방이 미처 발견하지 못하면 운수 좋은 날이라며 환호한다. 발견했다고 해도 오늘만은 참아 줄지 모른다는 헛된 기대를 품는다. 둘째, 상대방이 알아차리고 입을 연다. 예를 들어, 부엌에서 종민이 호출하면 좋은 소식이 아니라는 얘기다. 일부러 내 쪽에서 더 신경질을 낸다. 가뜩이나 친하지 않은 부엌인데 종민이 '깨끗한' 수챗구멍, '깨끗한' 그릇, '깨끗한' 싱크대에 집착할수록 쳐다보기조차 싫어진다. 서로가 스트레스를 드러내고, 싸움이 시작된다. 셋째, 한쪽이 싸움을 이어가다가 "미안하다. 내가 잘못했어"라는 사과가 등장하고 중간중간 유머스러운 말이 오가면서 싸움은 일단락되는 듯 보인다. '부부싸움은 칼로 물 베기'라며 오늘은 여기까지만을 외친다. 해결책은 나오지 않았고 같은 문제로 내일도 싸울 텐데 말이다.

대개 부부싸움은 '내가 맞냐, 네가 옳냐'라는 이분법 프레임 안에서 이루어진다. 어느 한쪽도 상대방이 화가 나는 이유를 곰곰이 생각해 보지 않고 '사랑한다'는 이유로 상대방을 자기 방식대로 가두려 한다. 왜 싸웠는지에 관한 이해는 애써 회피한다. 사랑하는 사람이 나의 행동 때문에 고통스러워함을 알면서도 고치지 않는다면 과연 '사랑이 무얼까?'라는 질문으로 회귀할 수밖에 없다. 결국 다시 '사랑'이다.

못마땅한 것투성이인 종민을 이해할 수 없다가도 문득 그가 이것 때문에 나와 점점 멀어지고 있는 건 아닐까 싶다. 나는 종민이 중요하게 여기는 일들을 이해하며 살겠노라고 다짐해 놓고선 그깟 칼 하나 씻는 게 귀찮아 그가 스스로를 '하찮은 사람'이라고 생각하게 만들었다. 싸움을 싫어하는 사람 중에는 싸움을 포기한 경우들이 꽤 많다. 서로의 마음을 이해하고 조정해 나갈 시간이 누구에게나 공평하게 주어지지만 실제 생활에서는 서로의 마음을 들여다볼 기회를 걷어차 버린다.

"나는 칼을 설거지할 때 씻을 거야"라고 말하고 상대방이 응해 주기를 바란다고 치자. 그릇을 아무 데나 두는 것과 칼을 바로 씻지 않는 것은 본인에게 아무 일도 아니다. 그저 조금 편한 방식을 계속 고수하겠다는 의미

4장: 사람을 사랑이게 하는 것

이다. 하지만 상대방은 내가 이런 행동을 계속할수록 이혼을 생각할지 모른다. 상대방이 내 말에 귀 기울여 주지 않는 것은 나의 존재를 하찮게 여기는 일과 같은 일이 되고, 사랑은 의심받는다.

파트너와 어떤 관계를 맺고 있는지에 따라 나의 행복의 농도가 달라진다. 종민을 만난 뒤, 나는 웃음이 많아졌고 미간에 가늘게 새겨졌던 주름이 사라졌다. 서로를 아낌없이 귀여워해 주는 이런 관계는 삶을 대하는 태도마저 긍정적으로 변화시킨다. 지금 자신이 행복하다고 느끼는 사람이라면 이 확증이 어디로부터 시작되는지 헷갈리지 않을 것이다. 나는 진심으로 종민이 나와의 결혼생활이 불행하다고 여기지 않았으면 좋겠다. 그 누구보다도 그의 행복을 바란다. 그가 나로 인해 화가 난다면 나는 더 이상의 어리석은 짓은 멈추고 그가 존중받고 있다는 기분이 들게끔 행동할 준비가 되었다.

종민이 화를 내지 않았다면 아주 심각한 문제에 봉착했을 것이다. 그가 나에 대한 실망감을 계속 쌓아 갔더라면 우리의 결혼생활이 과연 건강하다고 할 수 있을까? 건강한 관계에서 싸움은 모든 가능성을 찾아내는 출구 같은 거다. 컵을 싱크대에 둬서 아내가 떠났다는 남자는 지금쯤 자신의 행동을 열심히 고쳐 볼 기회를 놓쳤음을 가장 후회할 것이다. 냉혹한 말이지만 아내가 남편의 행동으로 고통을 느꼈고 더 이상 나를 사랑하지도 존중하지도 않는 사람하고는 살지 못하겠다며 떠나 버린 뒤의 후회로서 적당하다.

표면적으로 상대방이 싫어하는 행동을 하지 않는 게 상대방에게 나를 맞춘다는 의미는 아니다. 그보다는 상대방을 사랑하고 있고 그에게 상처 주기 싫은 나의 사랑의 감정을 충실하게 따르는 일이다. 이 평범한 진리가 우리 삶을 매우 새롭고 건강하게 만들어 준다는 걸 나또한 잘 안다. 내 안에 깊이 뿌리를 내리고 있는 '자기 멋대로'인 성격을 극복하기가 쉽지 않지만 그럼에도 매일 노력 중이다. 왜냐하면 그는 사랑을 믿게 해 준 유일한 존재이기 때문이다. 나는 겨우 친밀한 관계 맺기 중 초보 단계인 '상대방 존중하기'에 들어섰을 뿐이다.

4. 지금 이대로 충분한가?

페미니즘의 '페'자도 몰랐지만 우리는 청첩북에 '독립된 개체로 평등하게 살겠다'고 강조했다. 가부장제의 길을 걷지 않겠노라고 하객들에게 선포했다. 내 엄마의 삶이 부조리하다고 느끼며 살았기에 자연스레 페미니스트로서 자질이 내 안에 켜켜이 쌓였을 수도 있다. 내 생각을 실현 가능한 일로 만들어 줄 사람도 옆에 있었다.

그럼에도 페미니즘 관련 책을 읽으며 종민과 나의 싸움 빈도는 높아졌다. 이론보다 행동이 앞섰던 우리의 결혼생활은 갈등과 화해를 반복하며 건강한 방향으로 나아가는 듯 보였다. 페미니즘 책을 접하면서 한쪽은 더 요구해야 한다고, 다른 한쪽은 이 정도면 너무 많은 걸 양보하며 산다고 제각각의 각성이 일어났다. 책들은 한결같이 이렇게 말하는 듯하다. "거기가 끝이 아니에요. 당신은 더 많은 걸 요구할 자격이 있어요."

종민이 부쩍 화를 냈다. 물건을 집어던지거나 나를 밀치는 행동이 엄연한 폭력임을 책을 통해 인지한 뒤 화를 밖으로 표출할 어떤 행동도 할 수 없다며 갑갑하다고 했다. 해도 해도 끝이 없을 것 같은 요구들에 지치고 왜 자신은 나와 같은 여자를 만나 이런 '개고생'을 해야 하는지 모르겠다고도 했다.

나도 후회가 들긴 마찬가지이다. 이전에 우리는 페미니즘 이론서 없이도 평등을 지키겠다는 약속대로 잘 살아왔는데 왜 괜한 글을 쓰겠다며 참고도서를 찾아 읽고 서로에게 상처를 주는지 말이다. 종민은 책을 읽으며 내가 여성이라는 이유로 겪는 차별에 공감하기보다 '세상에 저런 이상한 남자들도 많은데 나 정도면 괜찮네'로 인식이 전환된 듯 보였다. 책 속에는 극단적인 상황들이 주로 나열되니 그럴 만도 하다. 나를 사랑하기 때문에, 자신의 사랑이 나보다 크기 때문에 본인의 기득권을 내려놓겠다던 의지는 어느샌가 소멸되었다. 이대로 간다면 영영 자신의 권위는 사라질 거라는 종민의 불안과 여기서 멈추면 이제껏 쌓아 온 평등이 허물어져 내릴 것 같다는 나의 불안이 유치한 권력 싸움으로 변질된 것이다. 어느 순간 우리는 함께 읊조린다. 아무것도 몰랐던 그때가 좋았노라고. 그때와 지금의 차이라면 과거에는 사랑이 모든 순간 우리를 지켜 주던 뿌리였고 지금은 책에 적힌 텍스트에 관계를 끼워 맞춘다는 데 있다.

그럼에도, 페미니즘이 가정에서 자신의 평등을 지키고 싶은 여성에게 스스로 성장할 계기를 마련해 주리라 기대한다. 우리 부부의 경우, 우리가 실천하는 부부 평등에 어떤 의미를 담을 수 있을는지 실마리를 얻기 위해 책을 읽기 시작했다. 실제로 페미니즘 책을 읽으며 자신감을 얻기도 했다. 평등을 위해 부부가 머리를 쥐어 짜가며 노력하고 있다는 글을 아직까지 못 봤으니까. 우리가 배운 또 하나는 결국 이 모든 것이 '너와 내가 행복하게 살기 위한 과정'의 일부라는 점이다. 우리에게 특별히 영감을 준 구절들은 다음과 같다.

너의 페미니즘적인 전제는 이것이어야 해. 나는 중요하다. 나도 똑같이 중요하다. '~하다면 중요하다'도 아니고, '~하는 한 중요하다'도 아니야. 나도 똑같이 중요하다. 그것으로 끝. 다른 수사 여구는 필요 없어.

—치마만다 응고지 아디치에, 《엄마는 페미니스트》

페미니즘 정치를 택하는 것은, 곧 사랑을 택하는 것이다.

—벨 훅스, 《모두를 위한 페미니즘》

여자가 어떻게 살아야 하는가 하는 질문에 정답은 없다. 우리가 습득해야 할 기술은 오히려 어떻게 그 질문을 거부할 것인가인지도 모른다.

—리베카 솔닛, 《여자들은 자꾸 같은 질문을 받는다》

책을 읽으면 읽을수록 분명해지는 것은 다시 사랑이다. 사랑하기 때문에 나에게 힘든 세상을 주기 싫었다는 종민의 고백처럼 나 역시 그의 불행을 통해 나의 권리를 찾고 싶지 않다. 잠시 책을 내려놓고 그 혹은 그녀의 눈을 바라볼 때인가 보다.

5. 우리의 리추얼

거리와 소통의 관계는 매우 긴밀하다. 통신 수단의 발달로 접근 방식이 다양해지긴 했지만 여전히 얼굴을 직접 대하고 빈번하게 마주쳐야 소통이 원활하게 이루어진다고 한다. 내각제인 영국은 총리 공관이 시내에 있고 경계 태세가 삼엄하지도 않아서 여행자들도 곧잘 그 앞에서 사진을 찍고 온다. 대통령제인 프랑스도 시내 한복판에 대통령 집무실인 엘리제궁이 있다. 축제 기간에는 일반인에게 집무실을 공개하기도 한다. 같은 기간에 상원의회도 둘러볼 수 있다.

광장이 열리고 새 시대라 불러도 좋을 변화가 찾아왔

다. 변화에 순응하려는 듯 새롭게 선출된 대통령은 먼저 청와대를 개방했다. 청와대에서 근무하는 이들과 함께 구내식당에서 밥을 먹고 식사 후 비서진과 커피 산책을 하기도 한다. 집무 공간도 광화문 광장 옆으로 옮긴다는 데 국민과 가까이 지내며 이야기를 잘 듣기 위함이란다. 그전에 먼저 비서진과 거리를 좁히겠다고 집무 공간을 비서동 옆으로 옮겼다.

어느 언론사에서는 거리 좁히기가 실제로 소통에 도움이 되는지 연구 자료와 해외 사례를 들어 기사를 냈다. 거리가 가까우면 대화의 가능성이 커지고 멀면 작아지는데, 공간 거리가 60미터가 넘으면 대화의 가능성이 완전히 사라진다고 한다. 반대로 16미터 이내라면 대화의 가능성이 급격히 증가한다. 이 상관관계를 수치화해서 '앨런 곡선'이라고 부른다고.

앨런 곡선을 가정생활에도 적용해 보면 어떨까? 한 집에 사는 사람들은 대저택이 아닌 이상 늘 16미터 이내에 머문다. 변수 값을 공간에서 시간으로 변화를 주면 어떨까 하는 생각이 먼저 든다. 활동범위가 집이라는 공통 공간으로 제한된 동거관계라면 앨런 곡선의 거리 변수를 시간으로 치환해 봐도 의미 있는 결과가 나올 듯하다. 실생활에 의미 없어 보이는 의문들이 유의미한 깨달음으로 이어지는 경우가 많듯, 은덕과 나의 관계를 앨런 곡선을 빌어 설명해 보려 한다.

결혼하고 1년 동안 맞벌이 생활을 하며 우리는 아침 6시 50분에 집을 나섰고 밤 9시 이후에 서로를 마주했다. 앨런 곡선의 '초밀접 거리'인 45센티미터 이내로 접근이 허락된 관계이지만 함께하는 시간을 고려하면 오히려 직장 동료보다도 먼 사이였다. 우리 둘이 나누는 대화라고 해 봤자 그날 직장에서 무슨 일이 있었는지, 돌아오는 주말에 부모님과 어떻게 보내야 할지, 그도 아니면 돈 모을 궁리에 지나지 않았다. 상대방에 대한 물음이 아니라 우리 주변에 대한 것이었다. 우리뿐만 아니라 여느 맞벌이부부라도 야근에 익숙한 생활을 하다 보면 '하우스 와이프'보다 법정 근무시간 동안 함께인 '오피스 와이프'와의 친밀도가 높아질 수밖에 없는 것이 현실이다.

대화의 밀도가 직장 동료만 못하면서 함께 있는 그

짧은 시간마저도 잠을 자거나 TV를 봤다. 고작 나누는 이야기가 화면 속 연예인 근황이나 드라마 줄거리가 다였다. 지금 우리 집엔 TV가 없다. TV 없이 무슨 재미로 사느냐고 묻는 이들을 만날 때마다 조금은 능청맞게, 조금은 얄밉게 되묻는다. "사랑하는 사람의 눈을 바라보고 대화를 나누는 것보다 더 즐거운 일이 있을까요?"

지금 우리는 TV에 시간을 빼앗기는 대신 각자 책을 읽고 서로의 생각을 공유하며 지낸다. 집에서 깊은 대화, 밀도 높은 만남을 이루며 지낸다. 맞벌이부부로 살 때는 가장 가까운 사이라 생각했지만 사실은 '가깝다고 착각하는 먼 사이'였다. 아무리 45센티미터라는 초근접 거리의 관계라도 함께하지 못한다면 16미터 밖과 다를 바 없다. 부부가 아니라 부모, 자식 사이도 마찬가지이다.

우리 부부에게는 남들에게 이야기하기 부끄러운 별스러운 버릇이 있다. 은덕과 내가 아침에 일어나 가장 먼저 하는 일은 서로를 꼭 끌어안는 것이다. 누군가 먼저 일어나 있더라도 상대방이 눈뜨고 부르면 하던 일을 멈추고 바로 침대로 달려간다. 대략 15분 정도를 그러고 있는다. 안고 있는 동안 밤새 무슨 꿈을 꾸었는지, 오늘은 무슨 일을 할지 이런저런 이야기를 나누고 침대에서 일어난다. 이 15분이 우리의 일과에서 가장 중요한 시간이다.

간단하다면 간단하고 짧다면 짧지만 15분을 꼭 붙어있다 보면 서로를 의지해 오늘 하루 동안 마주할 어려움을, 다툼을 함께 잘 해결해 보자는 마음이 생긴다. 간혹 아침에 이 의식을 잊어버린 날에는 대번 싸움이 크게 난다.

별스런 이 행동을 시작한 지 2년이 채 안 되었다. 긴 여행을 마치고 '통장 잔고 0'이라는 현실과 맞닥뜨린 우리는 한동안 불안감에 움츠러들었다. 그런 와중에 직장을 새로 잡는 대신 글을 쓰며 도시에서 버티기로 결심했다. 이 세상에 의지할 곳은 너와 나, 단 두 사람뿐이었다. '매일 아침 안아 주기' 의식은 우리가 가장 힘들었던 시기에 시작되어, 서로의 체온으로 마음을 위로해 줄 수 있다는 믿음을 주었다. 우리 부부의 '믿는 구석'이랄까.

부부가 함께 잠들고 일어나 서로를 안아 주는 일이 부부생활에 아주 중요한 의식이 될 수 있음을 알고 난 뒤로, 우리는 밤 10시면 인터넷 선을 뽑아 버리고 스마트폰도 끄고 함께 침대에 눕는 초강수까지 두었다. 우리의 이런 일상이 사랑을 좀 더 견고하게 만들어 준다고 느끼는 중이다. 어떤 의미를 두고 시작하지는 않았지만 지금은 이 의식들 덕분에 서로의 거리가 0미터임을 잊지 않을 수 있다고 생각한다.

온종일 함께 있다 보면 아이러니하게도 바로 옆에 있는 상대방의 존재를 쉽게 잊는다. 늦은 밤 불 꺼진 집에 돌아오면 주저하지 않고 테이블과 의자를 피해 전등 스위치를 켤 수 있는 것처럼 늘 그 자리에 있기 때문에 알아서 피하거나 외면한다.

우리 사정을 고백하고 나니 다른 부부들 사이에는 어떤 의식이 있는지 궁금하다. 각자 이런 별스런 의식 하나쯤은 있지 않을지. 아니, 각자 별스런 의식 덕분에 건강한 가정을 꾸릴 수 있는 것이 아닐까?

6. 알면 알수록 알고 싶다

끊이지 않는 대화와 서로에게 향했던 다정한 말들은 함께 산 시간과 비례해 줄어든다. 스스로 포기하고 타협하며 배우자와의 감정노동에 휘말리려고 하지 않는다. 가끔 그런 생각이 들지도 모른다. '이 사람이 이렇게 말이 없었나?'

물리적으로 24시간을 붙어 있는 우리는 특수한 경우이다. 어떤 이들은 피곤해서 어떻게 하루 종일 붙어 있느냐고 한다. 이 사람과 함께하는 시간이 가장 재미있고 또 흥미롭다는 말이 이해되지 않는 모양이다. 직장 동료, 이웃, 친가, 시가, 각종 모임 등 다른 인간관계를 벗어나 우리는 오로지 서로에게만 몰두한다. 시간이 많은 우리는 파편적이고 효율적인 대화 대신 서로의 속내를 깊게 파고들어 가는 대화를 즐긴다. 상대가 어젯밤 숙면을 취했는지, 어떤 꿈을 꾸었는지 세세히 확인하고, 하물며 종민은 나의 생리 날짜와 배란일까지 일일이 챙긴다. 평소보다 많이 먹는 나에게 오늘 배란일이라고 알려주는 사람도 종민이다.

24시간 함께 붙어 있으며 우리는 서로의 신체변화와 감정의 동요를 꼼꼼히 알아차릴 기회를 가졌다. 종민이 생리일에 따른 나의 기분 변화를 파악하는 감수성을 길렀다면 나는 그의 생체리듬이 아침보다는 늦은 오후나 밤 시간에 더 활력적임을 알아차렸다. 그래서 오전 시간의 대부분을 한곳에 머물며 웹서핑을 하거나 언어 공부로 보낸다는 것도.

대화의 주제도 다양한데 영화 한 편을 보고 온 날에는 장면을 하나하나 따져 가며 감독의 의도를 이야기한다. 영화 전공자나 평론가가 할 법한 장면 분석을 하다니, 역시 우리는 시간이 너무 많은 게 틀림없다. 종민은 좋아하는 영화 대사로 〈아가씨〉에 나온 "내 인생을 망치러 온 나의 구원자"를 종종 언급한다. 자신한테는 세계여행이, 그리고 내가 자신의 인생을 망친 구원자란다. 좋은 것 같으면서 싫기도 한 이 감정은 무엇인지를 두고 한참을 이야기 나눈 적이 있다.

"내가 종민 씨 인생을 망친 거야? 그런데 왜 같이 살아?"

"바보야. 방점은 구원자에 있어. 순간순간 열이 차오르고 억울할 때도 많지만 나는 지금 행복하잖아."

책을 읽는 방식도 독특하다. 도서관에서 각자의 취향대로 책을 고른다. 나는 300번대 인문사회 코너에 집중하는 반면 종민은 종횡무진 도서관을 휩쓸고 다닌다. 책에 나온 흥미로운 내용을 서로에게 전달해 주려는 노력이 어찌나 가상한지 읽지 않아도 책 내용을 얼추 파악하기에 이른다. 덕분에 관심 외 분야에도 주의를 기울일 기회가 주어진다.

지독한 개인주의자에 무뚝뚝한 나의 성격은 연애할 때도 마찬가지였다. '사랑해'라는 말이 너무 무거워 종민에게 인색하게 굴었다. 그와 살면서 무엇이 가장 변했는지 물어본다면 '사랑한다'와 '고맙다'를 자주 말한다는 점과 많이 웃는 점을 들 수 있다. 요즘 나는 종민에게 묻는다. "오늘 뭐 하고 싶어?" 그가 하고 싶어 하는 일을 먼저 물어봐 주는 것 또한 변화이다. 그동안은 그를 잘 안다고 착각해서 내 맘대로 계획을 짜고 일을 벌이는 편이었다. 종민이 기대와 다른 행동을 하고, 상대방을 배려해서 묵힌 말들을 건넬 때마다 그가 새롭고도 낯선 사람으로 다가온다.

종민은 알면 알수록 알고 싶어지는 사람이다. 전에는 내가 주도적으로 관계를 이끌었다면 지금은 파트너가 원하는 것을 함께 누리는 기쁨이 크다. 부부가 공유하는 시간이 많을수록 서로의 영향력은 커진다. 종민 덕분에 변화한 내 모습이 맘에 든다. 그가 어떤 마술을 부렸기에 한 개인이 이토록 크게 변화할 수 있는지 궁금하기도 하다.

7. 죽음으로 가는 먼 길

함께하는 시간 동안 서로 성장했다면 그걸로 족하다는 생각을 해 본다. '이 친구랑 끝까지 가 보면 어떨까'라는 상상을 해 볼 때도 있다. 30대 초반에 만나 결혼을 하고 30대 중반에 와서 인생의 판을 둘이 함께 뒤집어 보기도 했다(평범한 월급쟁이로 살아가다 함께 세계여행을 떠나고 역시 또 함께 글을 쓰며 도시빈민으로 사는 삶이 흔하지는 않으니까). 그와 함께할 앞으로의 나날이 궁금해진다. 앞으로 우리가 어떤 선택을 할지, 무엇을 기록하며 어떻게 여행을 할지 말이다.

종민은 나에게 '죽음'으로 가는 먼 길을 함께 걸어가

줄 동반자이다. 영감과 자극을 주는 동시에 이 세상을 하하 호호 신나게 웃고 즐기면서 함께 걸어가 줄 파트너이다. 강연 자리에서 "저희가 쇼윈도 부부처럼 보이나요?" 질문을 던지곤 한다. 우리 이야기를 다룬 언론 기사 댓글에 보면 '전형적으로 보여 주기식 삶'이라는 악플이 종종 보인다. 실제로 만나도 그래 보이냐고 농담처럼 질문하는 것인데 모두들 자지러지게 웃으신다.

미인, 미남을 떠나서 표정이 온화하고 아름다운 사람이 있다. 그이가 어떤 삶을 살고 있는지 얼굴 표정을 보면 감이 온다. 긍정의 에너지가 온몸에서 발산되는 사람도 있다. 그런 사람을 보며 적어도 가정생활이 시끄럽지 않은 사람이리라 짐작한다. 그래서인지 누군가 내게 '웃는 얼굴이 보기 좋다'고 말해 주면 종민과의 관계 덕분이라고 생각한다. 나의 표정이 우리 두 사람의 관계가 어떠한지를 보여 주는 하나의 지표가 아닐까?

상대방에게 더 이상 사랑을 기대하지 못하는 것만큼 우리를 불행하게 만드는 일이 또 있을까? 종민은 종종 말한다. "돈, 이딴 거 다 필요 없고 너랑 행복할 때가 제일 좋아." 나 역시 종민이, 그의 사랑이, 나의 행복을 결정짓는 유일한 조건이 된 지 오래다. 사랑하는 이와 더 많은 시간을 함께 보내는 기쁨이 나에겐 소중하다.

지난 6년 동안 가정에 헌신하는 것을 의무로 삼지 않아도 얼마든지 결혼생활을 즐겁게 영위할 수 있음을 배웠다. 서로에게 만족도가 높다면 행복해질 확률도 더불어 높아진다. '당신이 행복할 수 있다면 얼마든지 독립적으로 살아도 된다'는 원칙이 우리 결혼에 적용된 이후로 우리는 줄곧 평등을 두고 다투었지만 그런 덕분에 사랑을 지킬 수 있었다. 약속과 믿음이 바탕이 된 아이러니이다.

여러분이 원하는 파트너는 어떤 사람인가? 여러분에게 가장 중요한 것은 사랑인가?

8. 친구여, 함께 늙어 갑시다

결혼선언문 다섯.

우리 주변의 비혼주의자들과 1인생활자들과 더불어 살아갈

것입니다.

은덕과 결혼하면서 뜻 맞추기 힘든 세상에 동지를 찾
은 기분이었다. 결혼이라는 형식을 빌어 작은 연대를 이
룬 것이라고 하면 좋겠다. 그 요란한 시작을 알리기 위
해 결혼선언문을 준비했는데 읽어 내려가며 싱글인 친
구들, 그리고 관계 확장을 거부하며 홀로 살고 있는 이
들과 함께하겠다고 거창하게 밝혀 뒀다. 내가 결혼이라

는 방식으로 작은 연대를 맺은 것처럼 그들과도 다른 형태의 연대를 마련하고 싶었던 것이다.

그때만 해도 TV 드라마 속 혼밥족은 고개도 들지 못하고 밥을 먹었고, 소설 속 비혼주의자는 말 못 할 사연을 품은 채 홀로 늙어 가는 사람으로 그려지는 경우가 많았다. 주변의 싱글들은 누구보다 유쾌하고 씩씩하게 일상을 꾸리는데 말이다. 시간이 흘러서 TV에서 싱글라이프 관찰 프로그램이 인기리에 방영되고 있고, 이제는 식당에서 혼자 밥 먹는 사람을 어렵지 않게 볼 수 있다. 실제 혼자 사는 지인들에게 물어도 문제 없이 잘 살고 있다고 하니, 결혼할 때 우리가 좀 주제넘었던 건가 싶어진다.

우리 집에 찾아오는 대부분의 손님은 싱글이다. 그런 친구들과 이야기하다 보면 종종 다툼 없이 사는 그들의 삶이 부러워진다. 조용히 늙어 갈 수 있을 테니 오히려 좋겠다는 생각도 든다. 그런데 웬걸, 그들에게는 은덕과 나와는 다른 걱정이 있었다.

"고양이 덕분에 외롭지는 않은데 나중에 늙으면 며칠에 한 번씩은 전화해 줘. 혼자 지내다 죽는 거야 어쩔 수 없지만 고양이 밥은 챙겨 줘야 하잖아."

제법 나이가 있으니 언젠가 마주해야 하는 마지막이 걱정되기도 할 텐데 이런 담담함이라니! 우리와 다른 방식의 삶을 선택한 친구들의 이런 대사에서 독거생활의 피로를 엿볼 수 없으니, 우리의 결혼선언문이 무색해진다.

혼자 사는 친구들과 함께하고 싶고, 함께해야 한다고 여전히 생각한다. 다만 결혼식에서 혼자 사는 친구들과 함께하겠다고 선언하면서 미리 그들에게 양해를 구하지 않은 일은 마음에 걸린다. 과연 친구들이 우리와 함께하고 싶어 할까. 우리 결혼식에 왔던 싱글 친구들은 우리의 결혼선언문 따위는 아랑곳 않고 고양이 걱정하면서 잘 살고 있는데 말이다.

결혼제도를 벗어나 다양한 방식, 다양한 관계로 자신의 리듬에 맞춰 일상을 살아가는 이들이 엄연히 존재한다. 혼자 사는 사람, 동성과 함께 사는 사람, 부모와 같이 사는 사람, 반려동물과 더불어 사는 사람······. 이들 모두가 누군가와 또는 무언가와 사랑을 건네주며 또 받으며, 사랑을 느끼고 알아 가며, 세상의 기준보다 자신과 사랑을 잣대 삼아 대체로 행복한 삶을 살아가길 바라 본다. 이 또한 주제넘은 참견일 테지만.

추천의 글

김고연주

여성학자, 서울시 젠더자문관

세상 어딘가에 한 명쯤은 더 원(the one)이 있을 거라는 미련을 누구나 놓지 못한다. 은덕과 종민은 그 미련을 희망으로 만들기 위해 치열하게 노력하는 부부다. 이들이 결혼하며 이루고자 했던 바는 간명하다. '독립적인 개인들의 평등한 관계'. 이를 향하는 그들의 삶이 유난스럽거나 배타적으로 보일지도 모르겠다. 하지만 이 부부의 솔직한 이야기를 접한 독자들은 '가부장적인 결혼제도 안에서 이렇게 살 수도 있구나'라는 생각이 좀처럼 머리에서 떠나지 않을 것이다.

무엇보다 같은 사건에 대한 부부의 상반된 생각과 감정이 흥미롭고, 끊임없이 싸우고 화해하며 사랑과 평등을 지켜 나가는 노력이 존경스럽다. 결혼에 대한 환상

또는 분노를 갖고 있는 이들뿐 아니라 거듭된 좌절로 관계를 포기하려는 이들에게 일독을 권한다. 사실 은덕과 종민의 이야기가 매력적인 것은 이들이 부부라서가 아니라 농밀한 관계를 맺기 위해 필요한 '최고 난이도의 기본'을 보여 주기 때문이다.

김종관

영화감독, 작가

길을 만들며 앞으로 나아가는 사람들이 있다. 이들은 전제에 질문을 던진다. 많은 사람들이 가지는 의례적 믿음에 질문을 던지고 그들 자신의 경험으로 미지의 세계를 배운다. 이 책을 쓴 김은덕, 백종민 부부가 그런 사람들이다.

《사랑한다면 왜》는 타인에 대한 무조건적인 이해를 말하지 않는다. 같은 곳을 바라보면서도 다르게 생각하는 두 사람이 싸우고 토론하고 교환하면서 서로의 다름을 인정하고 이해하고 배우는 과정을 담고 있다. 또한 《사랑한다면 왜》에는 타인에 대한 치열한 이해로 스스로를 바로 볼 기회를 얻은 두 사람의 이야기가 있다. 오랜 동행을 준비하는 김은덕, 백종민 두 동반자들의 이야기에 귀 기울이다 보면 저마다 인생에 필요한 질문이 떠오를 것이다. 때로는 질문이 답보다 더 큰 보물이다.

사랑한다면 왜
What I Do for Love?

ⓒ 김은덕 백종민, Printed in Korea

1판 1쇄 2018년 1월 30일
1판 2쇄 2018년 5월 30일
ISBN 979-11-962612-2-1

지은이. 김은덕, 백종민
펴낸이. 김정옥
디자인. 풀밭의 여치
편집도움. 이지혜
제작. 정민문화사
종이. 한승지류유통
펴낸곳. 도서출판 어떤책
주소. 14256 경기도 광명시 오리로 801 105동 1103호
전화. 02-897-1395
팩스. 02-6442-1395
전자우편. acertainbook@naver.com
블로그. acertainbook.blog.me
페이스북. www.fb.com/acertainbook
인스타그램. www.instagram.com/acertainbook

이 도서의 국립중앙도서관 출판예정도서목록(CIP)은
서지정보유통지원시스템 홈페이지(http://seoji.nl.go.kr)와
국가자료공동목록시스템(http://www.nl.go.kr/kolisnet)에서 이용하실 수 있습니다.
CIP제어번호. CIP 2018000917

안녕하세요, 어떤책입니다. 여러분의 책 이야기가 궁금합니다.

블로그 acertainbook.blog.me
페이스북 www.fb.com/acertainbook
인스타그램 www.instagram.com/acertainbook

점선을 따라 가위로 오려서 보내 주세요. 우표 없이 우체통에 넣으시면 됩니다. ✂

보내는 분

이름

주소

이메일

도 서 출 판 오 필 책

14256 경기도 광명시 오리로 801 105동 1103호

우편요금
수취인 후납
발송유효기간
2018.2.1~2020.1.31
광명우체국승인
제40255-40094호

a
certain
book

저희 책을 읽어 주셔서 감사합니다. 아래 질문들에 답해 주시면 지난 책을 돌아보고 새 책을 기획하는 데 참고하겠습니다.

1. 이 책을 구입하신 이유

2. 구입하신 서점

3. 이 책에서 가장 인상 깊었던 구절

4. 이 책을 읽고 난 뒤의 소감

5. 김은덕, 백종민 작가나 출판사에 하고 싶은 말씀

보내 주신 내용은 어떤 SNS에 익명으로 인용될 수 있습니다. 이해 바랍니다.